Wetterleuchten und ein Todesfall

Der erste Fall für die Soko Norddeich 117
Ostfrieslandkrimi von Moa Graven

Impressum
Wetterleuchten und ein Todesfall – **Soko Norddeich 117 - Band 1**
Ostfrieslandkrimi von Moa Graven
Alle Rechte am Werk liegen bei der Autorin
Erschienen im Criminal-kick-Verlag Ostfriesland
November 2017
ISBN 978-3-946868-28-6
Umschlaggestaltung: Moa Graven

Zum Inhalt

Sie sind anders als die anderen. Und genau das schweißt sie am Ende zusammen. In der Soko Norddeich 117 lernen wir Thekla, Agneta, Okko, Siggi und Herbert kennen. Sie alle teilen das Schicksal, dass man sie aus dem normalen Polizeialltag einfach aussortiert hat. Sie sitzen in einem Büro in Norddeich an zwei Schreibtischen mit fünf Telefonen, die nie klingeln. Und in der Ecke wartet ein PC darauf, dass er angeschlossen wird. Die Männer spielen Skat, um sich die Zeit zu vertreiben, während Agneta und Thekla sich um ihre Gesundheit sorgen.

Bis dann eines Tages die fünf Telefone schrillen und Agneta den Anruf einer gewissen Gretchen Bruns annimmt, die bei einem Spaziergang mit ihrem Hund auf dem Deich ausgerechnet bei Wetterleuchten eine seltsame Beobachtung gemacht haben will. Und da die Fünf nichts weiter zu tun haben, nehmen sie sich der Sache an, als sie einen Herrenschuh auf dem Deich finden. Und stecken bald tief drin in ihrer ersten Ermittlung um einen vermissten Ehemann.

6

Erklärung zum Begriff Wetterleuchten

Wetterleuchten

Als Wetterleuchten bezeichnet man sichtbare Blitze von entfernten Gewittern den Donner hören zu können. Dabei muss der eigentliche Blitzkanal nicht zwingend sichtbar sein. Wetterleuchten kann fast ausschließlich in der Nacht beobachtet werden, da es tagsüber zu hell ist, um Blitze über weite Entfernungen erkennen zu können.

Wetterleuchten kann in dunklen Sommernächten manchmal noch aus mehr als hundert Kilometern Entfernung wahrgenommen werden. Voraussetzung sind einzelne, isolierte und hochreichende Gewitterherde, ein sonst klarer Himmel bei guter Fernsicht und kein störendes Stadt- oder Mondlicht. Quelle: wetteronline.de

8

*Dieses Buch widme ich
meiner Mutter Helga*

Das Team

Es schepperte, als Thekla de Groot ihre bunte Einkaufstasche auf den Tisch stellte.

»Was ist denn da drin?«, fragte Okko Fahnster und schmatzte dabei, weil er sich gerade sein Butterbrot mit Leberwurst zum Frühstück gönnte.

»Das ist Teegeschirr«, antwortete Thekla. »Es wird Zeit, dass wir endlich mal richtigen Tee zum Frühstück kriegen.«

Sie zog einen alten verbeulten Blechkessel aus der Tasche und stellte ihn auf den Tisch. »Der ist noch von meiner Großmutter«, sagte sie und lächelte.

»So sieht der auch aus«, meinte Okko. »Bist du sicher, dass wir den brauchen?«

Bevor Thekla antworten konnte, ging die Tür auf und Siegfried Schuster erschien im Türrahmen. »Moin zusammen«, sagte er und marschierte zu seinem Schreibtisch.

»Nu guck dir das mal an«, sagte Okko, der sich freute in Siggi, wie Siegfried generell genannt wurde, einen Verbündeten gegen Großmutters Wasserkessel gefunden zu haben. Doch da hatte er sich getäuscht.

»Oh, ein oller Kessel«, sagte Siggi, »das erinnert mich an früher. Wie schön.«

Thekla stand da und sah von einem zum anderen. Jedenfalls gab sie sich große Mühe. Doch das Einzige, was sie in dem Gegenlicht der surrenden Deckenlampe sah, waren verschwommene Umrisse zweier Männer, die sie offensichtlich interessiert anstarrten. Sie fuhr mit ihrer Hand wieder in den Beutel und zog ein Bündel Zeitungspapier hervor und legte es vorsichtig auf dem Schreibtisch ab.

»Jetzt wird's spannend«, lästerte Okko. »Bestimmt ist da der Pisspott von Oma drin.«

»Ihr werdet euch noch wundern«, erwiderte Thekla und packte fünf Teetassen samt Unterteller mit Ostfriesenrose aus. »Und nein, sie sind nicht von meiner Großmutter, sondern von der letzten Haushaltsauflösung, wo ich war.«

Okko kicherte, doch Siggi stand jetzt neben Theklas Schreibtisch. »Ich kann dir helfen«, sagte er. »Wo sollen die Sachen hin?«

»Hm ...«, machte Thekla, und sah sich um. Dann kniff sie die Augen zusammen. »Vielleicht können wir den kleinen Ecktisch da hinten zu einem Frühstückstisch umfunktionieren.«

»Klar«, sagte Siggi, schnappte sich das Geschirr und ging damit zum besagten Tisch. »Jetzt brauchen wir noch so einen kleinen Zwei-Platten-E-Herd«, meinte er, als er die Tassen abgestellt hatte.

»Aber wieso kann man das Wasser für den Tee denn nicht einfach in unserem Wasserkocher kochen?«, fragte Okko, der sich langsam überflüssig vorkam. Er stand von seinem Stuhl auf und folgte Siggi an den Ecktisch.

»Das ist ganz einfach«, meinte Thekla obenhin. »Wenn wir richtig guten Ostfriesentee trinken wollen, dann muss das Wasser in einem Aluminiumkessel gekocht werden. Sonst schmeckt das nicht.«

Okko kratzte sich am Kopf. »Ich weiß nicht, Thekla, übertreibst du da nicht ein bisschen?« Er warf Siggi einen schelmischen Blick zu.

»Bei Tee kann man nicht übertreiben«, meinte Thekla und holte jetzt auch noch einen alten Kandispott aus schwerem Glas und ein Kännchen mit dem gleichen Muster für die Sahne aus der Tasche. Am Ende hielt sie diese auf den Kopf und fünf silberne Löffel, angelaufen und mit Ostfriesenmuster, fielen klingelnd, weil sie aneinanderstießen, auf den Tisch.

»Da sind doch hoffentlich auch noch Kekse drin«, meinte Okko, »zum Tee gehören immer Kekse. So war das jedenfalls bei meiner Oma.«

»Oh«, machte Thekla, »an Kekse hab ich jetzt nicht gedacht. Die bring ich morgen mit.«

»Dann müssen wir den Tee jetzt wohl noch mit dem Wasser aus dem Wasserkocher machen«, meinte Siggi. »Aber ich guck heute Abend mal bei mir im Schuppen nach, ich glaub, ich hab da noch so einen Campingkocher von meinen Eltern.«

»Was treibt ihr denn da?« Niemand hatte gemerkt, dass Agneta Schupp ins Büro gekommen war. Sie stand jetzt hinter Siggi und Okko und hielt sich drei Finger ihrer linken Hand gegen die Stirn. »Irgendwie hab ich heute Kopfschmerzen, versteh ich gar nicht.«

»Agneta, gut, dass du kommst«, meinte Thekla. »Die Männer meinen, dass man Tee genauso gut mit Wasser aus dem Wasserkocher kochen kann. Aber ich finde, es ist besser, wenn wir das Wasser in meinem Aluminiumkessel hier kochen.« Sie tippte gegen den Kessel, der ein hohles Geräusch von sich gab.

»Igitt«, rief Agneta aus, »wenn ihr den Tee in dem Ding macht, dann trinke ich jedenfalls keinen.«

Sie ging zu ihrem Schreibtisch, der aus einem zweiten Stuhl gegenüber von Thekla an deren Tisch bestand. Sie teilten sich einen.

»Wenn das so ist, dann nehme ich den Kessel eben wieder mit«, sagte Thekla und klang beleidigt. »Ich will hier niemanden dazu zwingen, vernünftigen Tee zu trinken.« Sie stopfte das blecherne Ding wieder in die bunte Tasche und stellte sie neben den Schreibtisch. Dann setzte sie sich und verschränkte die Arme vor der Brust.

»Ich hab Sinn auf einen Kaffee«, meinte Siggi und biss sich im nächsten Moment auf die Zunge.

»Ich auch«, stimmte Okko zu. »Aber nicht so stark, ich hab's irgendwie mit dem Magen.«

»Kein Wunder bei den fetten Leberwurstbroten«, kam es unter Theklas Schreibtisch hervor. Agneta war in die Knie gegangen, weil ihr eine Kopfschmerztablette aus der Hand gefallen und unter den Tisch gerollt war.

Siggi und Okko zuckten mit den Schultern und gingen in die kleine Nische des Büros, wo ein Handwaschbecken unter einem Spiegel ohne Rahmen hing. Außerdem stand dort ein weißer Plastiktisch, von dem niemand wusste, wo er herkam. Das jedenfalls hatte der Chef von Kripo Norddeich gesagt, als er die Vier hier in ihren neuen Arbeitsbereich eingewiesen hatte vor einer Woche.

Okko ließ einen Messbecher unter dem Wasserhahn volllaufen und kippte das Wasser in die Kaffeemaschine, die mehr Kalk enthielt als anschließend Kaffeepulver, den Siggi in eine Filtertüte mit einem Kaffeelöffel abgezählt hatte.

»Ich mach' ne ganze Kanne«, sagte er, »der ist ja nie weg. Mist, jetzt hab ich mich verzählt.«

»Kommt nicht so drauf an«, meinte Okko, »ist ja Magenschonender.«

Als die Maschine befüllt und angestellt war, gingen die Männer zu ihrem Schreibtisch zurück, den sie sich teilten.

Es wurde plötzlich still in dem kleinen Büro, das höchstens fünfundzwanzig Quadratmeter groß war. Die Möbel waren alt und sahen speckig glänzend aus. Sie stammten aus dem Keller des hiesigen Finanzamtes in Emden und sollten nur für die Übergangszeit dienen. Das jedenfalls hatte man ihnen erklärt, als sie hier einer nach dem anderen eintrudelten. Sie kannten sich bis dahin nur vom Hörensagen, waren aber alle in Ostfriesland im Polizeidienst tätig gewesen. Nun, so wurde ihnen versprochen, würden sie ihre Fähigkeiten in einer größeren Aufgabe in einer Spezialeinheit, die man nur für sie installiert hatte, unter Beweis stellen können. Soko Norddeich 117, so stand es an der Tür. Und sie alle waren Teil davon. Und heute würde noch das letzte Mitglied zu ihnen stoßen. Auf Herbert Krull waren alle gespannt, denn er war der Einzige, der bisher als Kriminalkommissar gearbeitet hatte. Es hieß, er würde die Leitung der Soko Norddeich 117 übernehmen. Aber nur pro forma, denn sie alle seien im Grunde gleichberechtigte Mitglieder.

»Kaffee ist fertig, wer will?«, fragte Okko, als die Maschine Dampf ausspuckte.

Drei Finger gingen hoch, nur Thekla schüttelte den Kopf.

»Ich mach mir gleich lieber einen Tee«, sagte sie.

»Aber doch wohl nicht mit dem Wasserkocher?«, frotzelte Okko und ging zur Kaffeemaschine.

»Läster du man«, murmelte Thekla, »wirst schon noch sehen, dass ich recht habe.«

Okko ging mit der Thermoskanne rum, bis auch Siggi und Agneta versorgt waren.

»Vielleicht hilft das gegen meine Kopfschmerzen«, jammerte Agneta, die ihre Tablette wiedergefunden hatte und jetzt mit dem heißen Kaffee runterspülte.

»Pass man auf, dass du dich nicht verbrühst«, meinte Siggi ernst.

»Ach was«, wiegelte Agneta ab. »So langsam, wie Okko läuft, da ist der Kaffee doch schon abgekühlt, wenn der hier ankommt.« Sie kicherte.

»Auf meine Kosten Witze reißen«, lachte Okko mit, »das sind mir die Richtigen.«

»Gleich ist es schon elf«, sagte Thekla mit Blick auf die Uhr an der Wand, die die Sekunden mit einem dicken schwarzen Zeiger in gut hörbarer Lautstärke der Mittagspause entgegenzählte. Nur Okko hörte es nicht, da er einen Tinnitus auf beiden Ohren hatte und auch sonst eingeschränkt war in der Hinsicht, wie er selber gesagt hatte.

»Und es ist sicher, dass dieser Krull heute kommen sollte?«, fragte Agneta und packte jetzt ihre Butterbrotdose aus.

»Ich mein wohl«, sagte Thekla. »Montag hieß es doch. Er sollte doch eine Woche später kommen als wir, weil er als Kriminalkommissar nicht so einfach weg konnte aus Papenburg.«

»Wieso?«, fragte Okko, »hatten die für ihn denn noch keinen Ersatz gefunden?«

»Doch, ich glaub schon«, meinte Thekla sich zu erinnern. »Aber es war wohl ein verdammt heikler Fall, an dem die da gerade dran waren, als die Nachricht kam, dass hier eine Soko eingerichtet wird.«

»Verdammt heikler Fall? Weißt du etwa Näheres?«, fragte Agneta und biss geräuschvoll in ein frisches Stück Paprika.

Thekla schüttelte den Kopf und setzte gerade zu einer weiteren Antwort an, als die Tür aufging und Werner Stindt mit einem fremden Mann im Schlepptau ins Büro kam.

»Moin«, sagte Stindt und augenblicklich saßen alle kerzengerade auf ihren Stühlen. »Das ist Herbert Krull, er wird euch ab sofort unterstützen.«

Alle sahen gespannt zu dem Mann im grünen Lodenmantel, der seine Brille hochschob und sagte: »Hauptkommissar Herbert Krull.«

»Sicher«, sagte Stindt und schob ihn weiter in den Raum. »Wo haben wir denn noch einen Platz für den neuen Kollegen der Soko?«

Stindt sah sich suchend um und sah schnell ein, dass es eng werden würde. Verdammt eng. Die beiden Schreibtische waren schon je mit zwei Personen besetzt. Da ging gar nichts mehr. Dann fiel sein Blick auf den kleinen Besuchertisch in der Ecke.

»Vielleicht zunächst einmal da?« Er zeigte in die Richtung und fünf Augenpaare folgten ihm.

Herbert Krull, dem der Platz zugedacht war, räusperte sich scharf. »Das kann man ja wohl kaum als Schreibtisch bezeichnen«, sagte er mürrisch.

»Ich weiß«, stöhnte Stindt auf. »Doch im Moment hab ich einfach keinen anderen frei.«

»Dann könnte sich ja vielleicht eine der Damen ...«, meinte Krull und zeigte auf Agneta, die Kleinste und schmächtigste von allen.

»Ich?«, empörte sich Agneta sofort und klappte ihre Brotdose zu. »Auf gar keinen Fall. Soll sich doch Thekla da hinsetzen, schließlich sind es auch ihre Teetassen, die da stehen.«

»Moment ... Moment, bitte beruhigen Sie sich, meine lieben Kollegen. Es wird sich schon eine Lösung finden«, mahnte Stindt, dem der Schweiß bereits auf der Stirn stand.

»Ich würde mich auch mit einem Einzelbüro anfreunden können«, meinte Krull, »schließlich bin ich das als Kriminalkommissar gewöhnt, ich meine, ein eigenes Büro zu haben. Und außerdem bin ich ja so etwas wie der Chef hier in der Runde.«

Empörte Blicke trafen ihn. Hatte es nicht geheißen, dass sie in der Soko Norddeich alle gleich wären? Stindt ahnte, es in den Gesichtern zu lesen und beeilte sich zu sagen: »Oh, das ist hier wohl ein bisschen anders, hier sind sie alle auf gleichem Niveau angesiedelt.«

»Ach ja?« Krull machte einen langen Hals und versuchte, aus dem höher gelegenen Fenster nach draußen zu sehen. »Das ist ja interessant.«

Doch eine Lösung war auch durch diese Feststellung noch nicht erreicht.

Siggi, der keine Lust auf Stress hatte, meldete sich nun das erste Mal zu Wort.

»Wir könnten doch die beiden Schreibtische zusammenschieben«, schlug er vor. »Dann haben wir ein größeres Quadrat, um das herum wir dann alle sitzen könnten. Oder?«

Thekla und Agneta verschränkten die Arme und Stindt erkannte mit geschultem Blick die Gegenwehr. So kamen sie nicht weiter. Doch irgendeine Lösung musste her. Schließlich hatte er heute noch anderes zu tun.

»Ich schlage vor, dass Sie beide, Herr Schuster und Herr Fahnster, sich auf eine Seite des Schreibtisches setzen und Herr Krull nimmt dann gegenüber Platz. Es ist doch sowieso nur eine Übergangslösung, bis wir neue Büroräume für Sie haben.«

»Sicher«, sagte Siggi schnell, kramte seine paar Sachen zusammen und rollte mit seinem Drehstuhl auf Okkos Seite rüber. Okko indes knüllte sein Butterbrotpapier zusammen und schaffte Platz für seinen neuen Partner neben sich.

»Und worauf soll ich sitzen?«, fragte Herbert Krull und ließ seinen Blick über die vier mehr oder weniger grauen Köpfe wandern.

»Oh, das ist kein Problem, Stühle haben wir noch, einen Moment.« Stindt schien erleichtert, sich jetzt erst einmal verdrücken zu können.

»Na, dann erst einmal herzlich willkommen«, sagte Thekla, als niemand sonst Anstalten machte, etwas zu sagen.

»Danke«, erwiderte Krull und zog seine Ärmel unten am Saum gerade. »Wir sind wohl alle ungefähr in einem Alter.« Er fuhr sich mit der Hand über sein schütteres Haar. »Man hat wohl eine Soko mit viel Erfahrung zusammengestellt, um die schwersten Verbrechen an der Küste aufzuklären.«

»Mein Reden«, sagte Okko.

Und dann kam Stindt mit einem Stuhl um die Ecke, wo die Rollen mit jedem Meter mehr quietschten. Er schob ihn mit an den Männertisch.

»Bitte«, sagte er in Richtung Krull. »Sie können übrigens Ihren Mantel ruhig ausziehen, denn die Heizung funktioniert wenigstens.«

Die Vier kicherten hinter vorgehaltener Hand, während Krull die Nase rümpfte und zum zweitürigen Kleiderschrank lief und an dem kleinen silbernen Schlüssel herumdrehte. Dann hängte er seinen Mantel an den noch freien Bügel und drückte so lange, bis die Tür wieder nachgab und zuging.

»Ist wohl nicht für so viel Garderobe gedacht«, murmelte er und kehrte zu dem Schreibtisch zurück, an dem erwartungsvoll Okko und Siggi darauf warteten, dass der Kollege sich endlich zu ihnen setzte.

Krull überwand sich. Doch er schaffte es nicht, auch seine Hände auf den Tisch zu legen.

»Da sind Fettflecken«, sprach er angewidert aus.

»Oh«, sagte Okko, »und Brotkrümel liegen da auch noch. Das ist von meinem Leberwurstbrot von heute Morgen, tut mir leid.«

Okko kam um den Schreibtisch herum und wischte mit seinem Ärmel darüber. Krull fiel die Kinnlade runter, doch er ersparte sich weitere Kommentare.

Werner Stindt sah von einem zum anderen. »Tja, das wäre es dann wohl für den Moment. Die Telefone kommen im Laufe des Nachmittags. Ich habe für euch die Durchwahl 117 schalten lassen. Die Nummer gab es bisher nicht. Sie ist extra für euch installiert worden, damit die Gespräche, die für euch sind, auch garantiert hier landen.«

»Sehr schön«, sagte Thekla, »und jetzt mache ich uns einen schönen Ostfriesentee.«

»Nicht für mich«, meinte Stindt, nickte kurz und ließ die Fünf mit ihrem Schicksal allein.

Thekla machte sich am Wasserkocher zu schaffen und die anderen saßen stumm an ihren Plätzen. Bis Siggi das Wort ergriff.

»Wir haben uns darauf geeinigt, uns zu duzen«, sagte er in Richtung Krull.

»Ach ja?« Krull verschränkte die Arme vor der Brust. »Nun, das ist sicher unter Polizisten so üblich, nehme ich an.«

»War das in Papenburg nicht so?«, fragte Thekla, die zu ihrem Platz zurückgegangen war.

»Nur unter unseresgleichen«, antwortete Krull und nestelte jetzt an seinem gut frisierten Kinnbart herum.

»Dann würde ich sagen, geht das hier auch«, meinte Thekla. »Ich bin Thekla.« Sie reichte ihm symbolisch die Hand und nickte dazu.

»Agneta«, sagte ihr gegenüber.

»Okko«, kam es von Krulls Schreibtisch.

»Siggi«, machte den Schluss der Vorstellungsrunde.

Alle spürten, wie schwer es Krull fiel, sich dem Du zu beugen. Und besonders Agneta machte es einen Heidenspaß, dabei zuzusehen, wie er sich wehrte. Sie hatte schon immer etwas gegen Hierarchien gehabt. Wenn sie einer nicht duzen wollte, dann war er im Prinzip schon für sie gestorben, weil er sich für etwas Besseres zu halten schien.

»Hm ...«, grummelte Krull, »wie Stindt eben schon gesagt hat, wir sitzen wohl alle in einem Boot.«

»Oder in einem verdammt engen Büro«, lachte Okko und sein dicker Bauch bebte.

»Na gut, ich bin Herbert«, sagte Krull schließlich. »Freut mich wirklich sehr, dass ich ab sofort mit so kompetenten Kollegen zusammenarbeiten darf.«

Das Eis schien gebrochen. Jedenfalls für diesen Moment. Der Wasserkocher klackte und Thekla goss auf. Es wurde ein gemütlicher Nachmittag, was im Grunde niemand erwartet hatte.

Gegen siebzehn verließen sie das Büro. Die Telefone waren nicht gekommen.

Thekla

Als sie die Wohnung in Norden aufschloss, da war es eigentlich schon dunkel. Gerade in der Dämmerung wurde es mit dem Sehen immer schlechter. Makula-Degeneration hatte ihr Arzt vor einem halben Jahr gesagt und dabei bedeutungsvoll über seinen Brillenrand hinweg zu ihr gesehen. Danach kam ein Seufzer und eine ellenlange Erklärung, natürlich auf Doktorendeutsch, was diese Diagnose für ihr weiteres Leben bedeuten könnte. Unheilbar war das, was Thekla in Erinnerung geblieben war von dieser Visitation.

Unheilbar. Und wenn sie Pech hatte, dann würde sie blind werden. Ein Paukenschlag für eine alleinstehende Frau von siebenundfünfzig Jahren, die eigentlich gehofft hatte, auch die letzten Jahre noch im aktiven Polizeidienst arbeiten zu können, damit die Rente am Ende auch reichte.

Natürlich hatte sie den Kollegen in Emden, nachdem sie den ersten Schock verdaut hatte, gleich erzählt, was der Arzt gesagt hatte. Alle waren bestürzt und voller Mitgefühl. Das hatte sie nicht anders erwartet. Nur ihr direkter Vorgesetzter hatte das Gesicht verzogen, als hätte sie ihm von einer ansteckenden Krankheit berichtet. Dann hatte er sich zu einer Mitleidsbekundung überwunden und ihr angeboten, für sie nach einem Job im Innendienst

Ausschau zu halten. Schließlich könne sie ja so wohl unmöglich noch Auto fahren. Und ja, damit hatte er zweifellos recht gehabt.

Sie hatte es als Wink des Schicksals empfunden, dass er ihr eines Tages einen Platz in der Soko Norddeich offerierte. Dort könne sie nochmal so richtig durchstarten und zeigen, was sie auf dem Kasten habe, hatte er gesagt und dabei breit gegrinst. Wie man denn ausgerechnet auf sie gekommen sei, gerade jetzt, wo sie doch gesundheitlich so angeschlagen sei, hatte sie erwidert.

Na, weil es ja nichts bedeuten müsse, nur weil jemand nicht mehr richtig gucken könne. In einem Team, das aufeinander abgestimmt sei, da sehe er durchaus Chancen, dass sie sich gewinnbringend einmischen könne. Sie arbeiteten in einer Soko sozusagen Hand in Hand, ein Rad greife in das andere. Man ergänze sich eben. Und so weiter und so fort.

Natürlich hatte Thekla ja zu ihrer Versetzung gesagt. Alles andere hätte bedeutet, dass sie ihre Zeit in einem der kleinen dunklen Büros absaß und auf Anrufe von Bekloppten wartete.

Sie streifte ihre Fellstiefel ab und ließ sie unter dem Küchentisch liegen. Eigentlich hatte sie Glück, dass sie in Norden wohnte, dachte sie. So konnte sie mit dem Fahrrad zur Arbeit fahren. Es war wohl so, wie der Chef in Emden gesagt hatte, alles fügte sich zum Guten. Ein Rad in das andere. Irgendwie war sie müde, aber noch nicht so müde, sich jetzt schon aufs Sofa zu legen. Sollte sie sich jetzt noch etwas kochen? Gleich war es schon sechs. Eigentlich aß sie so spät am Abend nicht mehr, wenn sie am nächsten Tag Dienst hatte.

Also entschied sie sich für eine Kanne Tee und ein paar Butterbrote. Sie nahm den verbeulten Kessel wieder aus der Tasche, die auf dem Stuhl stand. Wenn die Kollegen so etwas nicht zu würdigen wussten, dann behielt sie ihn eben zuhause, dachte sie, befüllte ihn mit Wasser und stellte ihn auf den relativ neuen Herd. Den hatte sie sich geleistet. Ceranfeld und Induktion oder so ähnlich. Ihr war Technik im Prinzip egal. Doch der Verkäufer hatte ihr gesagt, dass sie damit eine Menge Energie und somit Geld sparen könne. Außerdem ginge darauf alles viel schneller, weil die Hitze gezielt eingesetzt werde. Ach ja, was wusste der schon von einem kleinen bollernden Ofen, auf dem das Essen Stunden brauchte, um seine ganzen Aromen zu entfalten. Bei ihrer Oma, da hatte es so etwas noch gegeben. Das Essen schmeckte damals so gut, dass sie sich auch heute noch an den Geruch der Bratensoße erinnern konnte. Und an den Geschmack mit den frisch gerodeten Kartoffeln dazu erst recht.

Als sie schließlich an ihrem Küchentisch saß, den Tee trank und das Käsebrot aß, da fragte sie sich, wie es weitergehen würde. Sie war jetzt eine Ermittlerin. So jedenfalls hatte es Hauptkommissar Stindt genannt, als er sie als erste in das kleine Büro geführt hatte. »Von der kleinen Polizistin zur scharfsinnigen Ermittlerin«, hatte er geschmunzelt. Wenn das nichts sei.

Tja, auch er wusste über ihren gesundheitlichen Zustand Bescheid. Und man musste Thekla nicht für dumm verkaufen. Natürlich war sie nur ausgewählt worden, weil man in Emden für sie als Streifenpolizistin keine Verwendung mehr gehabt hatte. Natürlich, was sollte jemand wie sie, die bald blind wie ein Maulwurf sein würde, auf der Straße? Das leuchtete ihr ein, auch wenn es niemand so direkt ausgesprochen hatte. Aber warum man sie dann zur Ermittlerin beförderte, das Rätsel hatte sie noch nicht lösen können für sich. Und eine echte Begründung hatte es für diesen Aufstieg auch von keiner Seite gegeben. Also reimte sie sich zusammen, dass es wohl damit zusammenhing, dass Ermittler in der Regel nicht immer selber Auto fahren mussten, weil sie im Team arbeiteten.

Team. Das war auch so ein Wort, mit dem Thekla nur in Fernsehfilmen etwas anfangen konnte. Sie musste an Herbert denken, der als Letzter zu ihrem neuen Team gestoßen war. Er wirkte unnahbar und eingebildet. Natürlich, er war Kriminalkommissar und somit von Haus aus schon mehr wert als sie alle zusammen. Und doch waren sie jetzt alle gleich. Sie, Agneta, Siggi, Okko und auch Herbert. Sie ahnte, dass es eine Weile dauern würde, bis Herbert seine Starallüren ablegte. Er würde immer den Chef raushängen lassen, soviel stand jetzt schon fest. Hatte von einem eigenen Büro gefaselt.

Jetzt hockte sie nach über dreißig Jahren im öffentlichen Dienst also mit vier praktisch wildfremden Menschen auf engstem Raum zusammen. So sahen also Beförderungen aus.

Doch sie wollte lieber nicht zu laut jammern oder klagen, es hätte alles viel schlimmer kommen können. Sie wusste von einer Kollegin, die erst vor gut einem Jahr aus gesundheitlichen Gründen ganz aus dem Dienst ausgeschieden war. Da hatte sie wohl noch Glück gehabt.

Thekla trank ihren Tee zu Ende, stellte das Geschirr anschließend in die Spüle, putzte sich die Zähne und setzte sich im Wohnzimmer aufs Sofa.

Ihre Abende endeten meistens damit, dass sie vor dem Fernseher vor irgendeiner Sendung einschlief, bevor sie dann schlaftrunken ins Bett wanderte.

Doch heute war es anders. Sie starrte auf den Bildschirm und war in Gedanken doch ganz woanders.

Immer wieder flimmerten dunkle Flecken vor ihren Augen entlang. Es war nicht leicht, nicht den ganzen Tag an das bevorstehende Schicksal der Erblindung zu denken, wenn man mit jedem Wimpernschlag daran erinnert wurde. Sie schloss die Augen und horchte. Würde sie einen Film auch verfolgen können, wenn sie nur den Ton hörte? Das war ziemlich anstrengend, fand sie. Und bevor sie sich hier noch weiter den Kopf zerbrach, beschloss sie, einfach ins Bett zu gehen.

Irgendwann fiel sie dann auch tatsächlich in einen gleichmäßigen Schlaf.

Die Telefone

Okko war der Erste, der am nächsten Morgen in Norddeich eintraf. Auch er hatte es nicht weit zur Arbeit. Er wohnte in der Nähe von Norden, fuhr aber trotzdem gerne mit dem Wagen. Falls es mal regnet, sagte er immer zu seiner Frau, die die leckeren Frühstücksbrote voller Liebe für ihn schmierte.

Als er das Büro erreichte, hörte er bereits Stimmen aus dem Raum, die aber nichts mit seinen neuen Kollegen zu tun haben konnten.

»Ah, die Telefone«, sagte er lachend, als er die Techniker erkannte, die fünf Apparate auf den zwei Schreibtischen verteilten. »Da bleibt dann aber nicht mehr viel Platz für was anderes.« Er lehnte sich an den Türrahmen und sah sich suchend um. »Gibt es denn auch noch einen PC? Ich meine, als Ermittlungsteam, da brauchen wir mindestens einen. Und natürlich einen Drucker für die Ergebnisse.«

Einer der beiden Techniker sah sich kurz im Raum um. »PC seh ich nicht«, sagte er. »Hab ich auch nichts von gehört.«

»Das klär ich gleich mit dem Stindt«, sagte Okko und ging zu seinem Platz, an dem das Telefon bereits installiert war.

»Moin.« Das war Siggi. »Hier ist ja schon eine Menge los. Und so viele Telefone.« Anerkennend sah er zu dem Schreibtisch, um den zwei Techniker wuselten.

»Aber von einem PC wissen die beiden nichts«, sagte Okko. »Das klär ich nachher mit dem Stindt.« Okko war stolz darauf, dass er der Einzige war, der Hauptkommissar Stindt schon vorher persönlich gekannt hatte. Das konnte man nicht oft genug erwähnen.

»Ja, mach das. Aber wieso brauchen wir denn so viele Apparate?«, fragte Siggi. »Zwei bei den Mädels hätten doch gereicht.«

Okko grinste zufrieden vor sich hin. »Das hängt wohl mit der komischen Gleichberechtigung zusammen. Mit sowas muss ich meiner Gertrud nicht kommen, die kümmert sich gerne alleine um alles.«

»So ist das auch richtig«, stimmte Siggi zu. Er behielt für sich, dass bei ihm zuhause ein anderer Wind wehte. Seine Frau Simone war zehn Jahre jünger und ließ sich kein X für ein U vormachen. Es gab Leute, die hinter vorgehaltener Hand murmelten, dass im Grunde sie die Hosen anhätte. Doch davon hatte Siggi noch nichts mitbekommen. Er war zufrieden, so wie es war. Er wusste sogar, wo bei ihm zuhause der Staubsauger stand.

Jetzt trudelten auch Agneta und Herbert ein.

»Telefone«, sagte Herbert, »das ist ja eine schöne Überraschung. Ich dachte, die sollten gestern schon gekommen sein.« Er richtete einen fragenden Blick an einen der Techniker, der nur mit den Schultern zuckte.

»Na, jetzt sind sie ja da«, meinte Siggi.

Herbert ging zu Theklas Platz, weil das der Einzige war, wo er in Ruhe sitzen konnte. Wobei, von Ruhe konnte keine Rede sein.

Agneta war mit ihren vierundfünfzig Jahren die Jüngste in der Truppe und hatte noch nicht vergessen, wie man flirtet. Gerade hatte sie ein Thema über Strahlungsschäden von Handys mit einem der Techniker beim Wickel. Und dieser hörte ihr sogar zu. Vielleicht, weil er selber schon weit in den Vierzigern und Single war. Da musste man nehmen, was kam.

Als auch Thekla schließlich ins Büro kam, war die Luft zum Schneiden dünn geworden.

»Wieso macht denn keiner das Fenster auf«, sagte sie anstatt einer Begrüßung und ging mit großen Schritten dorthin, um Sauerstoff hineinzulassen. Dann drehte sie sich um und sah dem ganzen Spektakel zu.

Sie selber hätte sich nie so gehen lassen wie Agneta, dachte Thekla. Sie kroch dem Mann ja förmlich in den Mund. So hatte sie sich selber noch nie angebiedert. Und vielleicht lag darin das große Geheimnis ihres

Singledaseins. Und jetzt, da sie sowieso bald nichts mehr sah, war es eh zu spät, noch einen Köder auszuwerfen.

»Fertig«, sagte dann einer der Techniker. »Sollen wir noch kurz erklären, wie die Anlage funktioniert?«

»Oh ja, bitte«, sagte Agneta schnell und bekam einen hochroten Kopf. Jeder hier durchschaute, dass sie den verheißungsvollen Kontakt zu Björn, so hieß der, mit dem sie so heiß diskutierte, noch nicht abreißen lassen wollte.

»Also, mit einem Telefon komme ich immer noch ganz gut zurecht«, brummte Herbert. »Ich denke, Sie sind hier fertig. Aber kümmern Sie sich doch bitte um die Beschaffung eines PCs. Vielen Dank.«

Die Techniker grinsten sich achselzuckend zu und verließen das Büro.

»Ich mach dann mal Tee«, seufzte Thekla.

Herbert zog sein Handy heraus, um die neuen Apparate anzurufen. Er wählte die Vorwahl von Norden und dann 117. Alle sahen ihn gespannt an. Doch es tat sich nichts. Nicht eines der fünf Telefone gab auch nur einen Piep von sich.

»Vielleicht hätten wir doch ...«, setzte Siggi an und wurde im nächsten Moment rüde von Herbert unterbrochen.

»Quatsch. Wie sollen wir denn einen Mord aufklären, wenn wir nicht mal ein Telefon alleine bedienen können. Nein, das muss auch anders herauszubekommen sein.«

Und so verging über eine Stunde, in der Herbert alles versuchte und die anderen Tee tranken. Aber es klingelte nicht.

»Soll ich mal den Stindt holen?«, traute sich Okko dann doch zu fragen. »Ich meine, wir müssen ja auch irgendwann anfangen mit unserer Arbeit.«

»Einverstanden«, sagte Herbert und allen fiel ein Stein vom Herzen. Den Zahn, dass er nicht der Chef war, würde man ihm so schnell wohl nicht ziehen können.

Okko machte sich auf den Weg in den zweiten Stock.

»Hat einer von euch gestern die Kochshow gesehen?«, fragte Agneta in die aufgekommene Stille hinein.

»Ne«, antwortete Thekla für alle. »Sowas guck ich eigentlich nie.«

»Na ja, egal«, ließ sich Agneta nicht beirren. »Die hatten da so ein schönes Rezept für Königsberger Klopse. Und zwar Vegetarische.«

»Vegetarische?«, fragte Siggi und verzog das Gesicht. »Gibt es die denn überhaupt ohne Fleisch? Da müssten die doch anders heißen.«

»Wieso das denn?«, echauffierte sich Agneta, »nur weil es gesund ist, muss man ja nicht gleich einen anderen Namen erfinden.«

»Und Fleisch ist ungesund?«, mischte sich Thekla ein. »Das ist mir ja das allerneueste.«

Bevor auch noch Herbert seinen Senf dazugeben konnte, ging die Tür auf und Okko kam mit Stindt im Schlepptau zurück.

»Na, das sieht ja schon mal ganz gut aus«, sagte der Hauptkommissar. »Da haben die Techniker mal wieder ganze Arbeit geleistet.«

»Es fehlt nur noch ein PC«, sagte Okko. Es war ihm wichtig, dass er das Problem vor seinen Kollegen ansprach. Damit würde ihm eine Art Sprecherrolle zufallen in dieser Angelegenheit, war sein Kalkül.

»PC? Ja sicher«, antwortete Stindt. »Aber erst mal sind die Telefone dran. Man muss euch ja schließlich erreichen können, finde ich.«

Alle nickten. Außer Herbert. Er hatte seine Hände gefaltet auf den Tisch gelegt und sah Stindt skeptisch an.

»Alle Apparate haben die gleiche Nummer«, fuhr Stindt fort. »Die Vorwahl von Norden, dann die Drei und dann 117.«

»Also 3117«, stellte Krull nüchtern fest.

»Aber nein, das ist nur intern«, erklärte Stindt. »Drei ist für unsere Inspektion. »Alle, die von außen kommen, wählen die Nordener Vorwahl und dann 117. So läuft das Gespräch über die Zentrale auf drei und dann weiter hierher.«

»Aber ich habe eben mit meinem Handy versucht, hier anzurufen. Nichts ist passiert. Das hätte doch hier klingeln müssen«, ließ Krull nicht locker.

»Hm ...«, machte Stindt, »kann ich mir jetzt auch nicht erklären. Vielleicht waren die Telefone noch nicht ganz freigeschaltet.« Er zog sein Handy aus der Hosentasche und tippte laut vor sich hinsprechend die Nummer ein, die er eben genannt hatte. Im nächsten Moment entlud sich ein Inferno in dem kleinen Büro. Es klingelte, surrte und schrillte. Alle fünf Telefone schrien im wahrsten Sinne des Wortes ihr Glück aus, weil sie auf volle Lautstärke eingestellt waren.

Thekla und Agneta hielten sich die Hände über die Ohren, während die Männer versuchten, den Ton leiser zu stellen.

»Am besten, Sie legen jetzt auf«, schrie Okko in Richtung Stindt, dem der Mund offenstand. Er nickte und drückte die rote Taste. Dann war endlich Ruhe.

»Die klingeln alle zusammen, nur weil einer anruft?«, brachte es Thekla auf den Punkt.

»Ja«, sagte Stindt und war sich selbst unsicher, ob das die beste Lösung war. »Die Techniker meinten, das sei sinnvoll, falls mal einer nicht da sei. So ginge eben immer jemand ran.«

»Aber wir sind doch alle in einem Raum«, meinte Siggi und kratzte sich am Kopf. »Selbst, wenn nur einer alleine hier ist, dann kann er doch an den Apparat des Kollegen gehen.«

»Ach, ich weiß auch nicht«, seufzte Stindt. »Technik eben. Und da ihr alle die gleiche Nummer habt, muss es wohl so gelöst werden. Seht es doch mal sportlich, wer am schnellsten zum Telefon greift, dem gehört das Gespräch.«

Einen Moment brauchte es schon, bis diese Logik bei allen gesackt war.

»Ja, leuchtet ein«, meinte Okko.

Dann verließ Stindt schnell das Büro.

Der erste Fall

Es vergingen drei Wochen, bis die Telefone dann im Büro der Soko Norddeich 117 erneut schrillten.

Zunächst waren alle ob des plötzlichen Lärms geschockt. Okko ließ das Skatblatt mit drei Buben und zwei Assen vor Schreck fallen. Herbert und Siggi sahen fassungslos auf die Karten, mit denen Okko das bereits achte Spiel in Folge mühelos gewonnen hätte.

Thekla las gerade in einer Frauenzeitschrift und Agneta googelte mit ihrem Smartphone nach Rezepten für Diabetiker, als das Inferno losbrach.

Keiner der Fünf wagte, an den Apparat vor sich zu gehen. Niemand wollte der Erste sein, oder dem anderen etwas wegnehmen. Sie hatten sich aneinander gewöhnt. Man respektierte sich. Sie saßen alle in einem Boot. Das hatte auch Herbert schnell gemerkt und seine Ambitionen, hier den Chef spielen zu müssen, zu Grabe getragen. Manchmal, da ließ er sich sogar dazu hinreißen, seine Krawatte abzulegen und den Hemdkragen zu öffnen. Jedenfalls, wenn sie Skat spielten. Okko hatte als Erster vorgeschlagen, ein Spiel mitzubringen. Und für Mühle, Mensch ärgere dich nicht oder Mau-Mau ließen sich keine Mehrheiten finden. Thekla und Agneta hatten sowieso gleich abgewunken, weil sie es für unter ihrem Niveau hielten, den Steuerzahler so zu hintergehen. Die Männer hatten damit keine Probleme.

Und da weder Stindt noch jemand anderes sich blicken ließ in der folgenden Zeit, warfen die Männer auch die letzten Bedenken über Bord und machten es sich gemütlich.

»Wenn keiner rangeht, dann nehme ich jetzt ab«, brüllte Agneta. »Man kriegt ja Kopfschmerzen von dem Krach.« Niemand erhob Einspruch, und so fuhr sie mit ihrer schlanken Hand zum Telefon, ergriff den Hörer und nahm ab.

»Soko Norddeich, wie kann ich Ihnen helfen?« Die Frage kam korrekt und völlig ohne Nervosität über ihre Lippen.

Als Thekla skeptisch zu ihr herüber sah, setzte Agneta noch ein Lächeln dazu auf, was wiederum die Männer interessiert zu ihr herüberschauen ließ.

»Ah ja, soso ...«, murmelte Agneta. »Da werde ich mir mal gleich ein paar Notizen machen und mich der Sache annehmen. Geben Sie mir noch einmal Ihren Namen?«

Sie fuchtelte wild mit der freien Hand herum, damit ihr irgendjemand einen Kuli reichte. Okko reagierte als Erster und warf ihr seinen herüber und Agneta notierte sich etwas auf einem Rezept für zuckerreduzierte Pfannkuchen.

»Gut«, sagte sie zum Schluss. »Ihre Nummer habe ich jetzt. Ich werde mich wieder bei Ihnen melden.«

Dann legte sie graziös den Hörer wieder auf die Station. Vier Augenpaare starrten sie an.

»Was ist denn jetzt?«, fragte Thekla ungeduldig. »Ist etwa jemand ermordet worden?«

»Das weiß sie nicht«, sagte Agneta.

»Wer?«

»Na, die Gretchen Bruns, die eben angerufen hat.«

»Mein Gott, nun rede schon«, murrte Herbert, der sich in den Hintern biss vor Ärger, weil er nicht rangegangen war. Er hätte einen vernünftigen Block und Stift gehabt. Auf seiner Seite des Schreibtisches, da herrschte Ordnung. Jedenfalls so lange, wie sie keine Karten spielten.

»Also …«, sagte Agneta gedehnt und lehnte sich auf ihrem Stuhl zurück. »Gretchen Bruns meint, dass sie gestern, als sie mit ihrem Hund am Deich spazieren war, da meint sie, etwas im Wasser gesehen zu haben.«

»Und was?«, fragte Okko. Er hatte schon wieder ein Brot in der Hand und ein Stück Butter hing in seinem Mundwinkel.

»Tja, das weiß sie auch nicht so genau. Es war ja Wetterleuchten. Da kann man ja vieles sehen, das sagte sie auch. Aber immer, wenn es besonders hell wurde, dann hat sie da noch etwas anderes im Wasser gesehen. Da ist sie sich ganz sicher.«

»Na, ob das ein Fall für uns ist?«, meinte Thekla. »Das kann ja alles Mögliche gewesen sein. Woher hat die überhaupt unsere Nummer.«

»Die hat sie sich notiert, als kürzlich der Artikel über uns in der Ostfriesen-Zeitung gestanden hat.«

»Die will sich vielleicht nur wichtig machen«, meinte Siggi. »Wie alt ist sie denn?«

»Das habe ich nicht gefragt«, gab Agneta zu. »Doch ich schätze so zwischen vierzig und sechzig.«

»Und was hast du jetzt vor?«, fragte Thekla.

»Wir könnten sie uns ins Büro einladen«, schlug Agneta vor.

»Das ist keine gute Idee«, sagte Herbert sofort. »Guckt euch doch mal um. Der Platz reicht kaum für uns. Wie sieht das denn aus, wenn wir eine Zeugin vernehmen.«

»Ja, stimmt«, sagte Okko. »Das wäre total peinlich. Wir müssen nochmal mit Stindt sprechen. Auf Dauer ist das hier kein Zustand.«

»Das ist der nächste Schritt«, mischte sich Thekla wieder ein. »Doch die Frage ist ja, was wir jetzt mit der Bruns machen.«

»Wir könnten sie auch bei einem Außentermin treffen«, schlug Herbert vor. »Vielleicht sogar dort am

Deich, wo sie mit ihrem Hund unterwegs war, als sie die Beobachtung gemacht hat.«

»Gute Idee«, pflichtete Siggi bei. »Dann sind wir praktisch am Ort des Geschehens und sie wundert sich nicht, dass sie nicht auf die Polizeidienststelle eingeladen wird. Manche stehen ja wirklich darauf, das könnt ihr mir glauben.«

»Soll ich sie also gleich anrufen?«, fragte Agneta. »Ich meine, wegen eines Termins am Deich?« Ihre Hand fuhr schon wieder zum Telefon.

»Stopp«, rief Herbert aus. »Nicht so schnell. Am Ende denkt sie noch, wir haben hier nichts zu tun.« Sein Blick fiel auf sein Skatblatt, mit dem er nicht mal dreißig Augen kassiert hätte.

»Stimmt«, meinte Okko, »wir müssen sie zappeln lassen. Ich würde sagen, wir rufen sie übermorgen zurück. Vielleicht hat sie die ganze Sache bis dahin ja auch schon vergessen.«

Man einigte sich darauf, dass Okkos Vorschlag ein guter war. Die Karten wurden neu gemischt und gegen siebzehn Uhr brachen sie zusammen auf.

Herbert fuhr mit seinem 3er-BMW Richtung Aurich, als ihm fast ein Reh vors Auto gelaufen wäre. Das hätte ihm gerade noch gefehlt, wo er den Wagen erst am Morgen hatte waschen lassen.

Von Aurich von nun an jeden Tag nach Norddeich fahren zu müssen, war genauso beschissen, wie vorher Richtung Papenburg. Nur mit dem Unterschied, dass er im Emsland wenigstens noch seinen Fähigkeiten entsprechend eingesetzt worden war. Sicher, er war öfter krank gewesen. Burn-out hatte sein Arzt vermutet. Stress bei der Arbeit, die große Verantwortung und dann das Alter. Er hatte angefangen, seine Kollegen grundlos anzuschnauzen, so jedenfalls wurde sein Verhalten von anderen interpretiert und bis nach ganz oben getragen. Am Ende war Herbert zur Kur gefahren und danach noch zwei weitere Monate krankgeschrieben worden. So hatte er sich die letzten Jahre seiner Laufbahn nicht vorgestellt gehabt. Man hatte ihm nahegelegt, kürzer zu treten. Aber was hätte er denn machen sollen? Wo waren die Alternativen für einen wie ihn? Ende fünfzig, geschieden, erwachsener Sohn. Und dann hatte man ihm die Stelle in Norddeich angeboten. Nein, eigentlich hatte man sie ihm als letzte Chance wie eine Waffe vor die Brust gehalten. Herbert hatte erkannt, dass es hier um alles oder nichts ging. Vorruhestand, ungewollt aus gesundheitlichen Gründen. Nein, so wollte er nicht aus dem Dienst scheiden. Also hatte er nach zwei Wochen das Angebot in Norddeich akzeptiert.

Und ihm schwante nach fast einem Monat, wo er mit den Vieren da in dem kleinen Büro in Norddeich Karten spielte, dass es den anderen ähnlich ging.

Als er einmal mit Thekla alleine im Büro gesessen hatte, bevor die anderen kamen, da hatte sie ihm angedeutet, dass es bei ihr Probleme mit den Augen gebe. Sie war praktisch blind, hatte er gedacht, als sie geendet hatte. Und Okko, der viel zu dick war und schlecht hörte, Agneta, schwer zuckerkrank und irgendwie verhuscht. Da musste man doch nur eins und eins zusammenzählen, um zu erkennen, dass man ihre Truppe in Norddeich nur als Abschiebebahnhof eingerichtet hatte. Und Siggi. Tja, was war mit Siggi? Eigentlich wirkte er wie der nette Nachbar von nebenan. Und genau das war sein Problem, seitdem er bei einem Einsatz beinahe einen unschuldigen Familienvater über den Haufen geschossen hatte. Er wurde weinerlich. Depressiv. Wollte es allen recht machen. In einer psychosomatischen Klinik hatte man ihn einigermaßen wieder in die Spur gebracht. Doch für den aktiven Dienst war er einfach nicht mehr hart genug. Herbert wusste das alles, weil er seine Kontakte nach Osnabrück hatte spielen lassen. Irgendwo gab es immer ein Leck. Und dieses Leck hatte ihm die Akten der anderen zukommen lassen. Und er schämte sich nicht dafür, in dem Privatleben der anderen herumzuwühlen. Informationen waren das A & O, wenn man gut zusammenarbeiten wollte. Herbert stellte den Wagen vor seiner Garage ab, ließ das elektrische Rolltor hochlaufen und verschwand im Inneren seines Hauses. Von der Garage aus gelangte er direkt in den Waschraum. Alle Jalousien waren unten. Immer noch. Er zog sie morgens gar nicht mehr auf, weil er wusste, dass er erst bei Einbruch der Dunkelheit zurückkehren würde. So blieben die Fenster sauber. Was die anderen um ihn herum dachten, dass interessierte Herbert schon lange nicht mehr, seitdem seine Frau ihn betrogen hatte und ausgezogen war.

Er hängte seinen Lodenmantel an die Garderobe, stellte die Schuhe auf die Strohmatte, damit die Sohlen nichts schmutzig machten, schlüpfte in seine karierten Hausschuhe und ging weiter in den Flur.

Er sah, dass der Anrufbeantworter auf dem dunklen Schrank blinkte. Es hatte jemand angerufen und eine Nachricht hinterlassen. Das kam selten vor. Freunde hatte Herbert keine. Also konnte es nur seine Ex sein, die wieder irgendetwas von ihm verlangte. Oder sein Sohn. Frederick. Er war siebzehn, als seine Mutter durchbrannte. Mittlerweile war er fünfundzwanzig und wohnte irgendwo anders und studierte dort etwas Technisches. Herbert hatte kaum Kontakt zu ihm.

Da er nicht wollte, dass die Lampe die ganze Nacht blinkte, drückte er schließlich auf die Abspieltaste. Es war eine Nachricht von Carola, seiner Ex. Sie habe gehört, dass er nicht mehr in Papenburg arbeiten würde. Wie es denn jetzt mit der Versorgung für sie aussähe und ... Herbert hörte sich die Nachricht nicht zu Ende an und drückte auf Löschen. So waren sie, die Frauen, dachte er.

In der Küche auf dem Ofen stand noch ein Rest des Eintopfes, den er sich vorgestern gekocht hatte. Erbsensuppe mit Würstchen. Er stellte den Herd an und entschied sich, im Wohnzimmer zu essen. Dort würde er sich die Nachrichten ansehen. Und vielleicht auch noch einen Fernsehfilm. Aber erst, nachdem er alles wieder abgeräumt und abgewaschen hatte. Er hasste es, wenn schmutziges Geschirr noch am nächsten Tag in der Küche stand. Das hatte seine Frau nie verstanden. Und einmal war ihm vor vielen Jahren die Hand ausgerutscht, weil sie ihm einfach nie zuhörte.

Gretchen Bruns und das Wetter

»Schon komisch, dass sich keiner für die Sache interessiert«, sagte Gretchen zu ihrem Hund Kasper, einer Mischung aus Bernhardiner und Pudel. »Aber sie hat gesagt, sie ruft wieder an.« Der Hund, der gerade sein Geschäft auf dem Deich erledigte, sah sie mit schiefem Blick an.

»Aber ich habe was gesehen«, fuhr Gretchen fort. Als Kasper fertig war, gingen die beiden weiter.

Heute stand die Sonne hoch am Himmel, und trotzdem war es nasskalt. Aber bestimmt würde es am Abend kein Gewitter geben. Das letzte Mal vor einigen Tagen, als sie von einem Gewitter überrascht worden war, da hatte sie Angst gehabt. Sie hatte noch den Spruch von früher im Ohr, dass man sich dann auf keinen Fall unter einen Baum stellen sollte, wegen des möglichen Einschlags eines Blitzes. Nun, die Gefahr bestand auf dem Deich sicher nicht. Bäume gab's da keine. Kasper hatte das Ganze nichts ausgemacht. Er hatte seine Nase weiter in jedes aufgewühlte Erdloch gesteckt und hier und da das Bein gehoben. Immer, wenn Gretchen deswegen stehenbleiben musste, hatte sie zum Meer gesehen. Wetterleuchten hatte schon etwas Faszinierendes, das musste sie zugeben. Wenn nur das Donnergrollen nicht wäre. Sicher würden dann alle draußen am Deich spazieren gehen, um sich dieses Schauspiel anzusehen.

Und dann hatte sie etwas auf dem Wasser gesehen, als ein unglaublich hoher Blitz, ein Lichtstrahl, vom Himmel gefahren war. Nein, sie hatte sich nicht getäuscht. Da war etwas im Wasser getrieben. Es war relativ groß und dunkel gewesen. Aber was es am Ende war, das konnte sie nicht erkennen. Es war hin und her geworfen worden von den Wellen. Und als das Wetterleuchten vorbei gewesen war, da konnte sie gar nichts mehr sehen und war mit Kasper nach Hause gegangen. Sie wollte die Sache im Grunde einfach vergessen und auf sich beruhen lassen. Doch nach zwei Tagen, da hatte sie es einfach nicht mehr ausgehalten. Sie hatte noch niemandem von ihrer Beobachtung erzählt. Nicht mal den Frauen, die sie immer im kleinen Laden um die Ecke traf. Man hielt sie doch so schon für verrückt. Doch weil ihr die Sache einfach keine Ruhe ließ, hatte sie den Artikel aus der Ostfriesen-Zeitung wieder hervorgekramt. Da gab es so ein neues Ermittlerteam für ganz spezielle Fälle in Norddeich. Gretchen wusste nicht, warum, doch sie hatte den Bericht sorgfältig ausgeschnitten und in die oberste Schublade im Wohnzimmerschrank gelegt. Vielleicht, weil die Ermittler alle älter waren. Das sah nach Kompetenz und Vertrauen aus. Und dann war da einer unter den Fünfen, der sie irgendwie an ihren verstorbenen Mann Gustav erinnerte. Der Dritte von links. Okko Fahnster. Ein stattlicher Mann mit einem gewinnenden Lächeln im Gesicht. So einer war Gustav auch gewesen, bevor er von der Gartenleiter gefallen war, als er die Regenrinne saubermachte. Er war schwerverletzt nach Sanderbusch geflogen worden. Hirnblutung, hatte ihr der Arzt gesagt. Zwei Wochen später war Gustav tot. Das war jetzt fast zehn Jahre her. Seitdem lebte Gretchen alleine. Nicht schlecht, wenn man es finanziell betrachtete. Gustav war Beamter im Finanzamt gewesen und hatte nebenbei noch die Steuern für die ganze Nachbarschaft gemacht.

Kurzum, vielleicht lag es an Okko, dass Gretchen dann die Nummer 117 gewählt hatte. Die direkte Durchwahl, wenn es um ihre Sicherheit geht, hatte in dem Artikel über die Soko Norddeich gestanden. Nun, hatte Gretchen gedacht, es mochte nicht um Leben und Tod gegangen sein, als sie fast vom Blitz getroffen etwas im Wasser hatte schwimmen sehen. Doch man wusste ja nie.

Und jetzt wartete sie schon über einen Tag darauf, dass diese Frau, »Wie hieß die gleich nochmal, Kasper?«, fragte Gretchen laut, doch der Hund antwortete nicht. »Richtig, Schupp. Komischer Name, findest du nicht?«

Das Tier hob sein Bein.

Auf jeden Fall hatte diese Schupp nicht wieder bei ihr angerufen. Gretchen fand es in der Sonne so schön, dass sie sich auf die Bank setzte, an der sie jetzt vorbeikam. Sie beschloss, noch einen Tag zu warten. Und keine Minute länger. Sonst würde sie eben selber wieder bei diesen Leuten anrufen und gleich den Okko Fahnster verlangen. Manche Dinge klärte man besser mit Männern. Vor allem, wenn sie so wie Gustav aussahen.

Es ist wichtig

Agneta zählte gerade ihre Vitamintabletten ab, als die fünf Telefone in dem kleinen Büro schrillten. Sie war heute die Erste im Büro und nahm sofort ab.

»Ja, hallo, was ...«.

»Gretchen Bruns hier«, kam es vom anderen Ende. »Könnte ich wohl den Okko Fahnster sprechen?«

»Frau Bruns? Etwa die Frau Bruns, die vor ein paar Tagen schon mal angerufen hat?« Agneta war ganz aufgeregt und bekam hektische rote Flecken am Hals.

»Ja, ich habe schon mal angerufen. Und Sie wollten sich melden. Aber bisher ...«.

»Oh, das passt ja gut. Eigentlich wollte ich Sie auch gleich anrufen«, sagte Agneta.

»Und der Herr Fahnster? Ist der denn nicht zu sprechen?«

»Das tut mir leid, er ist gerade bei einer Leichenschau«, log Agneta. Und vielleicht hatte sie es auch übertrieben mit ihrer Ausrede für den notorischen Zuspät-Kommer, doch etwas anderes war ihr gerade nicht durch den Kopf gegangen.

Am anderen Ende blieb es einen Moment still. »Na ja«, sagte Gretchen Bruns dann, »wenn das so ist.«

»Was halten Sie davon, wenn wir uns am Ort des Geschehens treffen?«, fragte Agneta schnell, die Angst hatte, dass die Anruferin aus Enttäuschung gleich wieder auflegte.

»Ort des Geschehens?«, fragte Gretchen.

»Ja, der Deich. Sie haben doch auf dem Deich gestanden, als das Wetterleuchten war.«

»Ja, das stimmt.«

»Und sicher erinnern Sie sich noch an die Stelle, wo Sie da gerade gestanden haben.«

»Sicher, ich bin ja nicht senil«, sagte Gretchen. »Doch helfen wird das ja wohl nicht. Das Wasser ist ja nicht mehr dasselbe. Und ich war auch schon wieder dort spazieren. Da treibt nichts mehr im Wasser.«

Agneta kam sich irgendwie veräppelt vor. Aber nur kurz.

»Es geht um den möglichen Tatort«, fügte sie schnell an. »Wenn wir von dort aus in alle Richtungen ermitteln, dann kommen wir bestimmt weiter.«

»Hm, wenn das so ist. Wann wollen Sie denn kommen?«

Agneta sah zu den leeren Plätzen ihrer Kollegen. »Vielleicht in einer Stunde, wenn es passt?«, fragte sie vorsichtig. Bis dahin musste selbst Okko hier aufgeschlagen sein.

»Dann ist es elf, das passt mir nicht so gut. Dann trinke ich immer meinen Kamillentee«, sagte Gretchen. »Geht auch zwölf Uhr?«

»Sicher«, bestätigte Agneta schnell. »Zwölf Uhr ist auch gut.«

»Und dann ist Ihr Kollege sicher auch mit dem Toten fertig.«

Agneta stutzte einen Moment, dann fiel ihr die erfundene Leichenschau, die wahrscheinlich etwas mit Leberwurst und fetten Butterbroten zu tun hatte, wieder ein.

»Ja, das denke ich wohl«, antwortete sie.

Sie ließ sich von Gretchen noch die genaue Beschreibung des Treffpunktes durchgeben und sie legten auf.

Im nächsten Moment ging die Tür auf und Thekla kam herein.

»Moin Agneta«, sagte sie, »du bist ja puterrot am Hals. Geht es dir nicht gut?«

»Doch, alles bestens«, antwortete Agneta. »Ich glaube, ich habe gerade unser erstes Verhör terminiert.«

»Was?«

Ungläubig setzte Thekla sich ihr am Schreibtisch gegenüber hin.

»Na, die Frau, die beim Wetterleuchten was gesehen hat, die hat eben nochmal angerufen. Und gleich um zwölf, da treffen wir uns mit ihr auf dem Deich am Tatort.«

»Tatort? Ist denn jetzt jemand tot?«

»Das weiß ich nicht. Aber auf jeden Fall ist das unsere erste Mordermittlung, egal, ob jemand tot ist oder nicht.«

»Wenn du meinst. Ich mach uns erst mal einen Tee. Zeit genug ist dafür ja noch«, meinte Thekla und schlurfte zum Wasserkocher.

Jetzt trudelten auch Siggi und Okko ein und wurden von Agneta mit den Neuigkeiten versorgt.

»Und du meinst, wir sollen alle mit?«, fragte Okko und sah sie skeptisch an. »Ich meine, ich hab meinen Job doch heute schon erfüllt bei meiner Leichenschau.« Er grinste. »Wo war ich denn überhaupt, nur für den Fall, dass die alte Dame danach fragt.«

»Mach dir darüber man keine Sorgen«, meinte Siggi, »über laufende Ermittlungen darf man doch nicht sprechen.«

»Stimmt auch wieder«, sagte Okkko und zog sein Butterbrotpaket aus seiner schwarzen Aktentasche. »Jetzt muss ich erst mal was essen auf den Schreck.«

Angewidert sah Agneta weg. Jedes Mal, wenn Okko seine fettigen Brote aß, hatte sie neuerdings ein Würgen im Hals.

Der Wasserkocher klackte und Thekla goss Wasser auf.

Währenddessen kam auch Herbert ins Büro. »Sorry, sagte er, dass ich so spät bin, der Wagen sprang nicht an.«

»Kein Problem«, sagte Okko und schmatzte. »Unser erster Termin ist heute erst um zwölf.«

»Ach ja?«, fragte Herbert und legte seinen Mantel ab und hängte ihn in den Schrank. Er war der Einzige, der das noch machte. Die anderen warfen ihre Jacken einfach über ihre Stuhllehnen. Okko schilderte in kurzen Worten, worum es ging.

»Aber ihr wollt doch wohl nicht alle zusammen dorthin?«, fragte Herbert ungläubig und machte den Kleiderschrank wieder zu.

»Sicher, warum denn nicht?«, fragte Siggi. »Wenn schon mal was los ist, hier …«.

»Aber wie sieht das denn aus?«, fragte Herbert. »Die alte Dame könnte meinen, dass wir sonst nichts zu tun haben.«

»Hm …«, machte Agneta. »Da könnte was dran sein. Fünf Beamte auf eine Zeugin, das ist schon krass. Aber wer soll denn dann dahin gehen?«

Sie warf einen Blick in die Runde. Niemand sagte etwas.

»Dann sollte das wohl ich machen«, schlug Agneta vor. »Schließlich hab ich auch mit Frau Bruns telefoniert. Und

Okko, du solltest auch mitkommen. Sie hat andauernd nach dir gefragt.«

»Das ist aber unfair«, kam es vom Frühstückstisch. »Wenn du schon telefoniert hast mit der Zeugin, dann könnte ich ja auch zum Tatort gehen. Warum sollten wir unsere Einsätze denn nicht aufteilen?«, fragte Thekla.

»Das verwirrt die alte Dame doch nur«, warf Siggi ein, der Angst vor einem Streit zwischen den beiden hatte.

»So kommen wir nicht weiter«, meinte Herbert, der mittlerweile auf seinem Stuhl saß. »Wir könnten ja um den Einsatz spielen«, schlug er vor.

»Was?«, kam es von den anderen wie aus einem Mund.

»Wir haben doch hier Karten. Wir spielen einfach ... Mau mau. Wer die meisten Spiele verliert von sagen wir fünf, der scheidet aus. Das machen wir so lange, bis nur noch zwei übrig sind. Ich denke, zwei Beamte im Einsatz sind vertretbar.«

»Da mach ich nicht mit«, sagte Thekla und ging mit ihrem Tee zum Schreibtisch zurück. »Ich habe noch nie Glück im Spiel gehabt. Da bin ich raus.«

»Nun sei nicht gleich beleidigt«, sagte Okko und knüllte sein Brotpapier zusammen und flippte es in eine Zimmerecke, wofür er von Agneta einen strafenden Blick erntete. »Ich heb's gleich wieder auf«, sagte er schnell.

»Doch jetzt müssen wir den Einsatz wirklich klären. Gleich ist es schon nach elf. Die Zeit wird knapp.

Siggi, von dem es alle am wenigsten erwartet hätten, stand plötzlich auf und ergriff das Wort. »Ich finde, wenn es sich vielleicht um einen Mord handelt, dann sollten wir doch alle von Anfang an dabei sein. Wir sind ein Team. Gemeinsame Einsätze schweißen zusammen.« Es fehlte nur noch, dass er die Hand aufs Herz legte, als ihm Tränen in die Augen traten. Niemand sagte etwas, also setzte er sich wieder hin.

Die anderen sahen ratlos in die Runde.

»Ich finde, er hat recht«, sagte Agneta, die keine Lust hatte, die große Spielverderberin zu sein. »Wir gehen alle dahin. Basta.«

»Ich könnte hierbleiben«, sagte Herbert, »wirklich, es macht mir nicht das Geringste aus. Und einer muss ja auch das Telefon im Auge behalten.«

»Kommt gar nicht in Frage«, entgegnete Thekla. »Wenn wir gehen, dann alle, da hat Siggi schon ganz recht.«

Herbert ahnte, dass er nicht aus der Nummer rauskam. Das Telefon klingelte im Grunde nie. Und letztlich war es ihm auch egal. Doch, was war, wenn ihn irgendjemand da draußen erkannte, wenn er mit diesem Losertrupp unterwegs war. Schließlich war er Kriminalkommissar und kein Kindermädchen.

Um kurz nach halb zwölf stiegen neben ihm noch vier weitere Personen in seinen BMW und Herbert ahnte, dass man das Schauspiel hinter den Fenstern der Dienststelle Norddeich minutiös und genüsslich beobachtete und vielleicht sogar Fotos machte.

Kasper schlug an und Gretchen Bruns drehte sich reflexhaft um. Dann ließ sie ihre Tasche fallen vor Schreck.

»Frau Bruns?«, rief Okko, »wir sind es, Soko Norddeich.«

Die alte Dame bückte sich und hob ihre Tasche wieder auf.

»Ich hätte nicht mit so vielen gerechnet«, sagte sie ehrlich, als die fünf Beamten bei ihr eintrafen.

»Ach, das könnte sich als ganz wichtiger Fall entpuppen«, sagte Okko und zwinkerte ihr geheimnisvoll zu. »Ich bin übrigens Okko Fahnster.« Er lächelte sein Sonntagslächeln.

»Ach, Herr Kommissar, das weiß ich doch«, sagte Gretchen Bruns, »ich hab Sie doch in der Zeitung gesehen. Und die anderen natürlich auch«, fügte sie schnell an.

Okko ließ den Kommissar im Raum stehen und sah, wie Herbert skeptisch die Augenbrauen hob und senkte. Er hatte die Hände auf dem Rücken gefaltet und sah in seinem grünen Lodenmantel aus wie einer von der Deichacht, fand Okko, sagte aber nichts dazu.

»Dann zeigen Sie uns doch bitte genau die Stelle, wo Sie das Treibgut gesehen haben«, bat Okko und hielt ihr galant seinen Arm hin, damit sie sich unterhakte, woraufhin Kasper die Zähne fletschte. Erschrocken zog er seinen Arm zurück.

»Kasper«, tadelte Gretchen, »der Herr Kommissar möchte doch nur behilflich sein.« Der Hund senkte den Kopf und schnüffelte jetzt im Gras. »Dann folgen Sie mir bitte«, sagte sie und schritt über den Deich. Die anderen gingen mit.

»Ich glaube, hier war es.« Gretchen Bruns war stehen geblieben und zeigte mit ihrem ausgestreckten Arm aufs Wasser. Fünf Augenpaare folgten der Richtung.

»Im Moment lässt sich da nichts Auffälliges erkennen«, bemerkte Okko, um überhaupt etwas zu sagen, weil die anderen verkniffen schwiegen.

»Ja, das weiß ich wohl«, seufzte Gretchen. »Ich habe Ihrer Mitarbeiterin am Telefon ja auch schon gesagt, dass man jetzt nichts mehr finden wird, da das Wasser ja immer in Bewegung ist.«

»Kollegin«, verbesserte Agneta. »Ich bin seine Kollegin, liebe Frau Bruns. Und Sie haben natürlich recht.

Es ging, wie gesagt, nur um den groben Radius, damit wir wissen, wo wir suchen müssen.«

»Ach so? Na, den haben Sie dann jetzt wohl.« Gretchen Bruns sah von einem zum anderen.

»Ja, vielen Dank«, sagte Okko, »das hat uns schon sehr weitergeholfen. Und Sie sagen, es war groß und dunkel?«

Gretchen nickte. »Ja, das war es. Und es war auch wohl nicht sehr schwer.«

»Ach? Wie kommen Sie denn darauf?«, fragte Thekla, die auch endlich mal etwas sagen wollte.

»Na, sonst wäre es doch wohl untergegangen«, meinte Gretchen trocken. »Entweder war es sehr leicht, es hatte Lufteinschlüsse oder ...«, sie hielt ihre Hand vor den Mund.

»Oder?«, hakte Okko nach.

»Oder es war eine Leiche, die wieder an die Oberfläche gekommen ist. So etwas passiert nach ein paar Tagen, das habe ich mal in einem Kriminalfilm gesehen. Aber das brauche ich Ihnen allen ja sicher nicht zu erzählen.«

»Nein, natürlich nicht«, bestätigte Thekla. »Ich finde, Sie haben Ihre Sache wirklich gut gemacht.«

Gretchen sah an Thekla rauf und runter, so, als fragte sie sich, welche Rolle diese hier auf dem Deich eigentlich spielte. »Ich helfe immer gerne«, sagte sie dann wieder Richtung Okko. Sie kam einfach nicht von ihm los. »Sind wir dann hier fertig, Herr Kommissar, oder brauchen Sie mich noch?«

Okko sah in die Runde und holte sich ein stilles Einverständnis ein, dieses unsägliche Schauspiel auf dem Deich jetzt zu beenden. »Sie können gehen«, sagte er dann.

»Ja, auf Wiedersehen«, sagte Gretchen und setzte sich mit Kasper in Bewegung. »Wenn noch etwas ist, dann können Sie mich ja anrufen, Herr Kommissar.«

»Natürlich. Kommen Sie gut nach Hause.«

Die Fünf sahen der alten Dame hinterher.

»Ich kann nichts dafür«, sagte Okko und hob beide Arme. »Ich habe nie behauptet, Kommissar zu sein.«

»Schon gut«, knurrte Thekla. »Wahrscheinlich ist die Dame schon ein wenig durch den Wind. Kein Wunder bei der Kälte hier. Ich denke, wir fahren jetzt zurück und ich mache uns erst mal einen Tee.«

»Moment«, sagte Herbert, »ich finde, wir sollten schon noch ein wenig hier auf- und ablaufen. Sonst denkt die alte Dame noch, wir nehmen sie nicht ernst. Ich schlage vor, wir teilen uns drei nach links und zwei nach rechts auf und treffen uns gleich wieder hier.«

Thekla und Agneta gingen los. Die Männer in die andere Richtung, aus der sie auch gekommen waren.

»Ich lauf aber gleich nicht noch mal zurück«, sagte Siggi. »Das wäre ja Quatsch.«

»Stimmt«, pflichtete Okko bei. »Lass die Frauen man laufen, jeder Gang macht schlank. Apropos, so langsam könnte ich mal wieder was vertragen.« Er lachte laut und herzlich.

»So war das aber nicht abgemacht«, sagte Thekla, als sie und Agneta ebenfalls beim BMW von Herbert wieder angekommen waren.

»Und? Habt ihr was entdeckt?«, fragte Okko.

»Ja, diesen Schuh.« Thekla zog jetzt ihren Arm nach vorne, den sie bisher hinter dem Rücken gehalten hatte. »Ich denke, das ist ein erstes Indiz.«

»Verdammter Mist«, sagte Herbert, »warum sind wir denn nicht in die Richtung gegangen.« Sein Ausbruch fiel heftiger aus als gewollt und die anderen starrten ihn an. »Ich mein ja nur ... wo habt ihr den Schuh denn gefunden?«

»Ganz da hinten«, antwortete Thekla und sah ihn triumphierend an. »Ich denke, wenn wir wissen, wem dieser Herrenschuh gehört hat, dann haben wir auch die Leiche.«

»Moment«, sagte Herbert, »so einfach ist kriminalistische Arbeit nun auch wieder nicht.« Er ging um den Wagen herum, öffnete den Kofferraum und zog einen blauen Plastiksack heraus. »Hier kann der Schuh rein. Wir werden ihn gleich in die Kriminaltechnik zur Analyse geben.«

Thekla ließ den Schuh in den Sack plumpsen. »Und ihr werdet sehen, ich habe doch recht.«

Als sie wieder in der Dienststelle ankamen, war die Technik schon weg. Deshalb hinterlegte Herbert den blauen Sack am Empfang und bat um dringende Untersuchung. Die Kollegin nickte müde und versprach, dass man sich so bald als möglich melden werde.

»Wem könnte der Schuh gehören?«, fragte Agneta, als sie wieder in ihrem Büro saßen. Endlich gab es etwas, an dem sie alle arbeiten konnten.

»Der könnte praktisch jedem gehören«, sagte Okko und kramte in seiner schwarzen Aktentasche nach einem Brot.

»Das stimmt nicht so ganz«, sagte Thekla, die schon wieder Tee aufgoss. »Frauen scheiden schon mal aus. Also rundweg die Hälfte der Bevölkerung.«

»Wir sind hier aber in Norddeich«, gab Siggi zu bedenken.

»Trotzdem bleibt die Wahrscheinlichkeit doch wohl dieselbe. Oder etwa nicht?« Jetzt kam auch Thekla ins Grübeln.

»Wir müssen die Ergebnisse abwarten«, sagte Okko. Es ging ihm schon viel besser, da er soeben in sein Leberwurstbrot gebissen hatte.

»Ist das eigentlich gut für deine Leber?«, fragte Agneta und zog die Lippen kraus.

»Die hat sich noch nie beschwert«, lachte Okko und sein Bauch bebte.

»Also, wenn ich so viel Leberwurst essen würde, dann bekäme ich Pickel.«

Es lag ihm eine Antwort auf der Zunge, doch Siggi stupste ihn unauffällig am Arm und er verkniff sich diese.

»Jemand Tee?«, fragte Thekla. Drei Arme gingen hoch. Sie schenkte ein und brachte die Tassen zu Okko, Herbert und Siggi und nahm ihre eigene mit an ihren Platz.

»Wollen wir noch ne Runde Skat spielen?«, fragte Siggi.

»Bist du verrückt, wir haben einen Fall«, meinte Okko. »Da zählt jede Sekunde.« Er knüllte das leere Papier zusammen und hätte es beinahe wieder in die Ecke geflippt. Doch dann trafen sich seine mit Agnetas Augen und er stopfte es in die Tasche. »Also«, sagte er dann, wir haben jetzt einen Herrenschuh, ich tippe mal auf Größe zweiundvierzig, wenn ich sie mit meinen vergleiche. Sie waren etwas kleiner. Wir könnten, wenn der Schuh aus der

Kriminaltechnik zurückkommt, ein Foto machen und nach dem Besitzer fahnden.«

»Aber der ist doch tot, der meldet sich doch nicht mehr«, meinte Thekla und schüttelte den Kopf.

»Das wissen wir aber doch noch nicht. Wir vermuten, dass er tot ist. Und irgendwo muss ja auch der zweite Schuh sein.«

»Das stimmt«, sagte Siggi. »Wenn der Besitzer nämlich nicht tot ist, dann wird er sich melden und seinen zweiten Schuh identifizieren. Und schwupp, wissen wir, dass es sich bei dem Schuh nicht um ein Beweismittel handelt. Dann können wir endlich wieder in Ruhe Skat spielen.«

»Echt, ihr spinnt wirklich«, meinte Agneta und nippte an ihrem Saft aus Aroniabeeren. Irgendwo hatte sie aufgeschnappt, dass die gut für alles wären. »Es kann doch auch sein, dass der Mann, dem der Schuh gehört, der Täter ist. Habt ihr darüber vielleicht schon mal nachgedacht?«

Siggi und Okko sahen sie verblüfft an. »Sie hat recht«, sagte Okko, »es könnte auch der Täter sein.«

»Oh man«, meinte Siggi, »und wenn wir mit dem Bild von dem Schuh in die Fahndung gehen, dann weiß er, dass wir ihm auf den Fersen sind.«

»Eben«, sagte Agneta und schlug ein Bein über das andere. »Ihr Männer denkt immer zu kurz. Ihr müsst auch mal das große Ganze sehen.«

»Ich sehe es gerade«, murmelte Thekla, »dein Saft läuft gerade über den Schreibtisch.«

»Was?« Agneta hatte ihr Glas auf einen Haufen Papiere abgestellt und es war unbemerkt in die Schieflage geraten, abgestützt an Agnetas Telefon lief es so langsam aber sicher aus. »Verdammt.« Agneta griff nach dem Glas und konnte doch nur ein Drittel des Saftes retten. »Der ist so verdammt teuer.« Sie zog ein Paket Papiertaschentücher aus ihrer Schreibtischschublade und wischte das Malheur vom Tisch.

»Ich würde sagen, ich mach mal Feierabend«, meinte Herbert. »Morgen wird sicher ein anstrengender Tag.«

»Gute Idee«, pflichtete Okko bei. »Und vielleicht haben wir dann schon den Bericht zum Herrenschuh.«

Auf Spurensuche

Es fuchste Agneta gewaltig, dass nicht sie, sondern Thekla den Schuh am Deich gefunden hatte. Und das, obwohl sie praktisch blind war. Na bald jedenfalls. Und das tat ihr ja auch leid. Es gab immer Menschen, die noch schlimmer dran waren als sie selber. Und deshalb haderte sie auch nicht mit ihrem Schicksal, dass sie schwer zuckerkrank war. Am Morgen, als Gretchen Bruns angerufen hatte, da war der Wert kurzzeitig auf über 200 hochgeschnellt. Doch dank ihrer Pumpe, die sie seit zwei Jahren trug, hatte sie alles schnell im Griff gehabt.

Und trotzdem konnte sie, als sie jetzt nach Feierabend in ihrer Küche saß, nicht so richtig abschalten. Es juckte sie in den Fingern, nach weiteren Beweisen am Deich zu suchen. Sie hatte das Licht in der Küche bereits an. Es wurde vielleicht zu dunkel, wenn sie am Deich ankam, überlegte sie. Auf der anderen Seite würde sie vielleicht gerade im Dämmerlicht auf Dinge stoßen, die man bei Tageslicht nicht sah. Sie sah zur Uhr. Gleich war es sechs. Wenn sie sich jetzt nicht bald entscheiden konnte, wurde es wirklich zu spät. Sie verspürte ein leichtes Kribbeln im Bauch. Hätte ihr vor einem halben Jahr jemand erzählt, dass sie einmal in einer Soko arbeiten würde, sie hätte ihn für komplett verrückt erklärt. Denn eigentlich stand sie vor der Entscheidung, in Kur zu fahren und einen Rentenantrag zu stellen. Ihr Chef in Esens hatte sie schon länger bedrängt, eine Entscheidung zu treffen. Die Verantwortung, dass ihr während des Dienstes etwas zustieß, weil sie zum Beispiel ohnmächtig wegen eines Zuckerschocks wurde, die wollte er nicht länger tragen. Das hatte er ihr unmissverständlich bei der letzten Weihnachtsfeier zu verstehen gegeben, als er einen über den Durst getrunken hatte, was seine Zunge lockerte, so dass er kein Blatt mehr vor den Mund nahm. Sie hatte ihn von sich geschoben und war nach Hause gegangen. Ja, und da hatte sie dann geweint. Was konnte sie denn dafür, dass sie gesundheitlich angeschlagen war? Sie war doch immer noch eine zuverlässige Polizistin. War das der Dank für all die Jahre, die sie sich hatte von einer Dienststelle zur anderen schubsen lassen? Beinahe hätte sie es tatsächlich getan. Der Antrag zur Reha hatte schon bei ihr zuhause auf dem Küchentisch gelegen. Und dann war der Anruf aus Norddeich gekommen. Man lud zu sie zu einem Gespräch ein, um über ihre berufliche Zukunft zu sprechen. Dann war alles ganz schnell gegangen. Sie hatte sofort zugesagt.

Und jetzt saß sie hier und überlegte, auf den Deich zu gehen. Alleine und das bei der Kälte. Andere Frauen, die wiegten ihre Enkelkinder auf dem Schoß in ihrem Alter. Oder sie ließen sich scheiden und drehten noch mal so richtig auf, indem sie sich einen jüngeren Mann angelten. Bei Agneta war alles anders gelaufen. Nie verheiratet, keine Kinder und im Grunde auch kein Mann weit und breit, wenn man von Alfred, der sie in Esens ständig belästigt hatte, einmal absah. Er war klein und dick und verheiratet. Er sah in ihr wohl eine willkommene Gelegenheit, seinen langweiligen Alltag aufzupeppen. Doch da hatte sie nicht mitgespielt. Er roch immer nach Knoblauch. Und das war nur einer der Gründe, warum sie ihm die kalte Schulter gezeigt hatte.

Sie seufzte und sah noch einmal zur Uhr. Jetzt musste sie sich wirklich sputen.

Eine halbe Stunde später kam sie an der Stelle an, wo Thekla den Schuh gefunden hatte. Sie hatte ihre große Taschenlampe mitgenommen und tastete mit dem schmalen Strahl jeden Grashalm ab. Ein Papiertaschentuch, zusammengeknüllt, wehte im Wind leicht hin und her. Selbst, wenn es dem passenden Mann zum Schuh gehört hätte, nie und nimmer hätte sie das Ding angefasst. Sie ekelte sich vor allem, was Menschen ausschieden. Jedes Mal, wenn sie bei der Arbeit auf die Toilette musste, wischte sie den Sitz mit feuchtem Toilettenpapier ab, bevor sie sich setzte. Und dann wusch sie sich dreimal die Hände. Irgendwo hatte sie mal das

Wort »Waschzwang« in der Apothekenumschau gelesen, als es um Rituale ging, die zur Manie werden könnten, was die Sauberkeit betraf. Nun, wenn andere meinten, dass es krank sei, sich sauber zu halten, so war es deren Problem, wenn sie in ihrem Dreck und den Bakterien umkamen.

Agneta lief den Deich weiter entlang. Nur, wenn sie auf den Boden sah, konnte sie die aufkommende Angst, hier ganz alleine im Dunkeln unterwegs zu sein, im Zaum halten. Wer soll hier schon sein?, fragte sie sich selbst in Gedanken. Wer ging bei der Kälte schon auf den Deich? Nun, Leute wie Gretchen Bruns, die machten das, weil sie Hunde hatten. Hundebesitzer mussten bei Wind und Wetter raus, damit die Viecher ihren Kot und den Urin in aller Welt verteilten. Sie mochte gar nicht daran denken, worauf sie hier gerade lief. Zuhause würde sie ihre Schuhe putzen.

Sie zog ihre Mütze weiter in die Stirn und drehte sich um ihre eigene Achse. Lichter hier und da. Menschen bereiteten sich bestimmt auf einen gemütlichen Abend vor, während sie hier durch den Dreck wanderte. Eigentlich war es auch eine Schnapsidee gewesen, hier noch einmal herzukommen. Selbst, wenn sie etwas fand, wie sollte sie den anderen erklären, was sie hier gemacht hatte? Hinter dem Rücken der Kollegen auf eigene Faust ermitteln, das kam nie gut an. Und plötzlich verließ sie der Enthusiasmus und sie kehrte um. In einiger Entfernung sah sie einen dunklen Umriss eines Menschen. Ihr Herz klopfte plötzlich bis zum Hals. Auch das noch. Sie steckte die Taschenlampe weg, damit sie möglichst unauffällig wirkte. Sie zog ihren Jackenkragen weit hoch bis über beide Ohren, die Mützen noch tiefer, und ging auf den Menschen, der ihr da entgegenkam zu. Der Mond stand bereits am Himmel und erhellte das Szenario, als sie sich dann begegneten. Eigentlich hatte Agneta einfach zur anderen Seite sehen wollen, doch automatisch machte ihr Kopf eine andere Bewegung. Und im nächsten Moment erkannte sie die grüne Wollmütze.

»Thekla?«, fragte sie entgeistert.

»Agneta?«

»Was machst du hier?«

»Und du?«

»Ich ... ich wollte noch einmal an die Luft«, wand sich Agneta um eine konkrete Antwort herum.

»Wem willst du das denn erzählen?«, fragte Thekla und schüttelte den Kopf. »Du wolltest hier auf eigene Faust ermitteln, gib es doch zu.«

»Und du? Ist es bei dir etwa anders? Du hast doch auch keinen Hund.«

»Hund?«

»Ach egal. Und wenn wir schon mal beide hier sind, dann könnten wir doch auch zusammen ...«.

»Das stimmt auch wieder. Wir zeigen es den Männern, denn ich habe mich zuhause gefragt, wenn da ein Schuh liegt, warum sollte da eigentlich nicht noch mehr zu finden sein.«

»Eben.«

Sie gingen beide wieder in die Richtung, aus der Agneta gekommen war.

»Was hältst du eigentlich von unseren Kollegen?«, fragte Thekla und blieb stehen. Sie sahen jetzt gemeinsam aufs Wasser.

»Die sind da wohl genauso reingeraten wie wir«, meinte Agneta und pustete in ihre kalten Hände.

»Sicher. Ausgesucht hat sich das niemand. Aber was hältst du persönlich von den Dreien?«

»Ich weiß nicht. Ich kenne sie doch eigentlich gar nicht.«

»Aber wir hocken doch schon seit ein paar Wochen Tag für Tag im gleichen Büro. Da kennt man sich doch. Oder etwa nicht?«

»Nein, das glaube ich nicht. Und eigentlich finde ich es auch nicht schön, so dicht zusammen zu hocken. Denk doch nur mal an die ganzen Bazillen, die da zwischen uns allen hin und herfliegen.«

»Bazillen?«

»Ja, jeder bringt doch irgendwas mit. Und der Raum ist höchstens fünfundzwangzig Quadratmeter groß. Wenn man das im Kopf überschlägt ...«.

»Ach was. Da ist es im Bus oder in der Bahn doch noch viel schlimmer.«

»Ich fahre nur mit dem eigenen Wagen.«

»Man kann sich auch über Dinge den Kopf zerbrechen, die eigentlich total unwichtig sind.«

»Das sagst du. Dann lies doch mal die Apothekenumschau.«

»Soweit bin ich noch nicht ... sag mal, wollen wir nicht lieber wieder zurückgehen? Wir könnten bei mir noch einen Tee trinken.«

»Oh, das ist eine gute Idee. Hier werden wir heute sowieso nichts mehr finden.«

Die beiden Frauen radelten gemeinsam zu Theklas Wohnung, die gar nicht so weit entfernt lag. Thekla setzte einen Tee an und Agneta sah sich ein wenig in der kleinen Wohnung um.

»Hübsch hast du es hier«, sagte sie.

»Na ja, geht so«, meinte Thekla. »Ich bin zufrieden.«

Die beiden setzten sich an den Küchentisch und sahen dem Tee dabei zu, wie er zog.

»Sag mal«, begann Agneta, »ich will ja nicht neugierig sein. Aber wie ist das eigentlich mit deinen Augen? Wirst du irgendwann blind sein?«

Thekla schenkte Tee ein und der Kluntje in der Tasse knisterte.

»Sahne?«, fragte sie.

Agneta nickte.

»Es ist gut, dass du direkt fragst«, sagte Thekla dann und beide sahen dem Sahnewölkchen dabei zu, wie es sich auf dem heißen Tee wie ein immer dünner werdender Nebel ausbreitete. »Vielleicht ist es wie mit der Sahne hier. Es wird alles immer diffuser. Und ja, irgendwann, da werde ich vielleicht gar nichts mehr sehen können.«

»Das ist echt krass«, sagte Agneta mit ernster Stimme. »Wie kommst du damit zurecht? Ich meine, mit dem Gedanken, dass es bald ...«.

»Ach«, seufzte Thekla, »man gewöhnt sich dran. Doch am Anfang, ja, da hab ich ehrlich gesagt oft geheult, wenn ich abends alleine zuhause war. Man kann sich ja vieles vorstellen im Leben. Dass einem im Dienst irgendwann eine Hand weggeschossen wird oder so. Aber dass man irgendwann nicht mehr sehen kann, das ist echt hart.«

»Mensch ...«, jetzt seufzte auch Agneta. »Das tut mir so leid für dich.«

»Und bei dir? Ich meine, so ganz auf der Höhe bist doch auch nicht, wenn ich das richtig verstanden habe.«

»Ach, das ist gegen deine Sache wirklich lächerlich«, meinte Agneta und war froh, dass sie das schwermütig machende Thema wechseln konnten. »Ich bin zuckerkrank. Eigentlich schon seit meiner Kindheit. Aber so richtig schlimm ist es geworden, seitdem ich in die Wechseljahre gekommen bin.«

Thekla grinste. »Da werden doch alle Frauen komisch. Kenn ich.«

»Die Männer habe es nicht leicht mit uns«, stimmte Agneta zu.

»Ach, die sollen sich man nicht so anstellen. Wenn ich den Okko schon sehe mit seiner dicken Plauze.«

»Der stopft die Leberwurstbrote wie Gummibärchen in sich hinein.«

»Dass die Frau das mitmacht ...«.

»Die schmiert ihm die fetten Dinger doch jeden Tag.«

»Vielleicht ist die genauso dick, wer weiß«, meinte Thekla und schlürfte ihren Tee.

»Tja, wer weiß. Und besonders komisch find ich ja den Krull. Manchmal macht der mir irgendwie Angst«, meinte Agneta. »Da sind gewisse böse Schwingungen, die ihn manchmal unheimlich erscheinen lassen.«

»Unheimlich? Schwingungen? Na ja, mit sowas kann ich wenig anfangen. Aber ich gebe dir Recht, manchmal hat der so einen merkwürdigen Blick drauf. So, als würde er uns alle analysieren.«

»Wie eine Schlange, die ihr Opfer beobachtet.«

»Opfer. Das ist das Stichwort. Wir sollten wieder zu unserem Fall kommen«, sagte Thekla. »Du sag mal, es ist schon so dunkel. Willst du nicht lieber hier bei mir übernachten. Es kann gefährlich werden, wenn man als Frau so spät alleine unterwegs ist.«

Agneta sah aus dem Fenster. »Ein bisschen mulmig ist es mir ehrlich gesagt schon, wenn ich so spät noch raus muss.«

»Eben. Geht mir auch so. Aber das darf man echt niemandem erzählen, wo wir doch Polizistinnen sind.«

Beide kicherten und legten sich bald schlafen. Thekla hatte, obwohl sie alleinstehend war, aus irgendwelchen unerfindlichen Gründen ein Doppelbett. Vielleicht für alle Fälle, wie Agneta meinte, als sie sich darin eine gute Nacht wünschten.

Der vermisste Mann

»Heilige Scheiße«, sagte Okko, als er mit seinem Team am nächsten Morgen im Büro saß und die Zeitung durchblätterte.

»Was ist?«, fragte Siggi und sah ihm über die Schulter.

»Da wird ein Mann vermisst. Schon seit vierzehn Tagen.«

»Was?«, mischte sich jetzt auch Thekla ein. »Vierzehn Tage? Wieso wissen wir davon nichts?«

Okko zuckte mit den Schultern.

»Lies mal vor«, sagte Agneta und biss geräuschvoll in ihre Möhre.

»Noch immer vermisst«, las Okko, »wird ein Mann aus Norden. Er verschwand nach den Angaben seiner Frau, als er nur kurz zum Baumarkt wollte. Die Polizei sucht bisher vergeblich nach dem Mann ... Blablabla.«

»Das kann ja wohl nicht wahr sein«, entrüstete sich Thekla erneut. »Wieso werden wir nicht eingeschaltet?«

»Bestimmt, weil es kein Fall für die Soko ist«, meinte Herbert. »Schließlich steht ja noch nicht fest, dass der Mann einem Verbrechen zum Opfer gefallen ist. Und wir kommen ja erst dann ins Spiel.«

»So ein Quatsch«, wehrte Thekla ab. »Wir haben doch den Schuh gefunden. Vielleicht gehört er diesem Typen. Ist denn immer noch kein Bericht aus der Kriminaltechnik da?«

»Nein«, sagte Herbert. »Bisher nicht. Aber ich kann ja mal nachfragen.«

»Das wäre toll. Und wieso ist eigentlich unser PC noch nicht angeschlossen? Wie sollen wir denn vernünftig arbeiten, wenn wir hier gar nichts mitkriegen?« Sie zeigte auf den grauen Kasten, der noch immer in der Ecke neben dem Frühstückstisch auf dem Boden stand.

»Ich geh gleich mal los und erkundige mich«, bot Siggi an, der schon wieder eine Gänsehaut bei diesen rauen Tönen bekam.

»Das ist wirklich nett«, flötete Agneta und zwinkerte Siggi zu. Wenn sie ehrlich war, dann mochte sie ihn von den Männern am liebsten. Doch das hatte sie nicht mal Thekla anvertraut, als sie gestern Nacht neben ihr im Bett gelegen hatte. Es gab Geheimnisse, die man besser für sich behielt.

Siggi erwiderte ihr Lächeln und machte sich auf den Weg.

»Und trotzdem ist es nicht richtig, dass man uns hier so hängen lässt«, beharrte Thekla.

»Du hast ja recht«, sagte Herbert. »Doch es hilft auch nichts, wenn wir uns hier so aufregen. Wir müssen aktiv werden.«

Agneta warf Thekla einen vielversprechenden Blick zu, der so viel besagte wie, sollen wir ihnen unser Geheimnis verraten, dass wir gestern noch unterwegs waren?

Thekla schüttelte unmerklich den Kopf als Antwort. »Dann warten wir ab, was Siggi gleich mitbringt.« Sie stand auf und goss Wasser in den Wasserkocher, um einen Tee zu machen. Sie hatte sich geschworen, sich nicht mehr so viel aufzuregen. Auch, weil das ihren Blutdruck erhöhte und nicht gut für ihre Augen sei, wie der Arzt gesagt hatte.

»Ich kann mir schon vorstellen, dass der Schuh dem Mann gehört hat, den man vermisst«, sagte Okko und faltete die Zeitung zusammen.

»Vorstellen kann ich mir auch vieles«, sagte Herbert mürrisch. »Gib mal her, die Zeitung.«

Okko reichte sie ihm.

»Vierzehn Tage sind eine lange Zeit«, meinte Herbert dann. »Wer weiß, wo der schon ist. Wahrscheinlich ist er abgehauen.«

»Wie hieß er nochmal?«, fragte Thekla, als sie wieder an ihrem Schreibtisch saß.

»Günter Wehrmann«, las Herbert vor.

»Verdammt, wenn wir nur in den blöden Computer gucken könnten, wo der wohnt.«

»Das kann man auch so rauskriegen«, sagte Herbert und griff zum Telefon, um sich in der Zentrale zu erkundigen. »Schlosspad 5 in Norden«, sagte er, als er wieder aufgelegt hatte.

»Na, das ist doch schon was«, meinte Agneta. »Wir sollten mit der Ehefrau sprechen.«

»Ich bin mir nicht sicher, ob wir dazu autorisiert sind«, gab Herbert zu bedenken, »es ist nicht unser Fall.«

»Papperlapapp«, sagte Thekla, »wir fahren dahin. Das wäre ja noch schöner, wenn wir uns hier den ganzen Tag den Hintern wund sitzen, während draußen vielleicht ein Killer herumläuft.« Man hörte ihrer Stimme an, dass sie wirklich genervt war. Und Agneta fragte sich, ob es wirklich nur mit dem vermissten Mann zusammenhing oder nicht doch mit ihrem persönlichen Schicksal.

Zum Glück ging die Tür auf und Siggi kam in das Büro zurück. »Noch nichts«, sagte er und schlich zu seinem Platz.

»Noch nichts?«, fragte Thekla fassungslos. »Du meinst, es gibt noch keinen Bericht zu dem Schuh?«

Siggi nickte. »So ist es. Und wann der PC angeschlossen wird, das konnten die Kollegen auch nicht sagen. Sie warten da noch auf einen Auftrag aus Osnabrück.«

»Das darf doch wohl nicht wahr sein.« Jetzt war es Herbert, dem der Kragen platzte. Er warf seinen Stuhl nach hinten. »Ich bin gleich zurück.« Die Tür knallte hinter ihm zu und Agneta sah wieder zu Thekla. Und diesmal nickte diese. Das genau war das, was Agneta meinte mit bösen Schwingungen. Siggi sackte hinter dem Schreibtisch zusammen. Und irgendwie hatte Agneta das Gefühl, dass er gleich anfangen würde zu heulen. Was war nur mit Siggi los? Sie würde es schon noch herausfinden.

»Hätte ich bloß keine Zeitung mitgebracht«, sagte Okko, »dann könnten wir jetzt in Ruhe Karten spielen.«

Das lockerte die Stimmung und die Vier brachen in schallendes Gelächter aus.

Es dauerte dann noch zwei Möhren für Agneta und vier Tassen Tee für Thekla, bis Herbert endlich zurückkam. Er setzte sich stumm an seinen Tisch und legte die Plastiktüte mit dem Herrenschuh darauf.

»Was ist denn jetzt?«, wagte sich Okko vor. »Lassen wir den Schuh nicht mehr untersuchen?«

»Doch«, knurrte Herbert. »Aber erst einmal gehen wir damit zu der Frau, die die Vermisstenanzeige aufgegeben hat. Sie wird ja wohl wissen, ob der ihrem Mann gehört.«

»Sauber«, sagte Siggi.

»Dann los«, meinte Thekla, »aber vorher muss ich noch aufs Klo, Tee treibt nun mal.«

Keine zehn Minuten später quetschten sie sich wieder in Herberts BMW und fuhren zu der besagten Adresse der Wehrmanns.

Die Hausbesitzerin erschrak, als sie öffnete.

»Bitte?«, fragte sie und wich zurück.

»Soko Norddeich«, übernahm Herbert. »Wir kommen wegen Ihres vermissten Ehemannes.«

»Soko? Um Gottes willen, er ist doch nicht ...«. Carola Wehrmann schlug die Hand vor den Mund.

»Nein«, mischte sich Thekla ein. »Es geht eher um eine Art Identifizierung von Beweismitteln. Können wir reinkommen?«

»Alle?« Erleichtert gab Carola Wehrmann den Eingang frei.

Die fünf trotteten ins Haus, wobei Okko anerkennend durch die Zähne pfiff, als er an der wertvollen Vitrine mit einer Sammlung von Automodellen vorbeikam.

»Sie können im Wohnzimmer Platz nehmen«, bot Carola Wehrmann an. »Soll ich vielleicht einen Kaffee machen?«

»Nein danke«, sagte Herbert, »wir haben gerade Tee gehabt.«

Sie suchten sich Plätze und Carola Wehrmann blieb an das Sideboard gelehnt stehen und verschränkte die Arme.

»Können Sie uns bitte noch einmal den Abend schildern, an dem Ihr Mann verschwunden ist?«, bat Herbert.

»Aber das habe ich doch schon alles zu Protokoll gegeben. Haben Sie das denn nicht gelesen?«

»Sicher«, log Herbert, »doch es ist immer besser, alles noch einmal aus Ihrem Munde zu hören. Vielleicht gibt es ja auch ein winziges Detail, was Ihnen jetzt erst wieder einfällt.«

»Ich bin nicht senil«, bemerkte Carola Wehrmann, doch dann schilderte sie alles noch einmal von vorne. Ihr Mann sei, kurz bevor sie Abendbrot essen wollten, noch einmal losgefahren, um etwas für seine Wasserpumpe im Garten zu kaufen. »Er wollte gar nicht lange wegbleiben«, sagte sie jetzt leise.

»Und was haben Sie unternommen, als er nicht wiederkam?«, fragte Agneta mitfühlend.

»Was ich unternommen habe? Als Erstes habe ich auf seinem Handy angerufen, aber er ist nicht rangegangen. Und dann habe ich bei seinem besten Kumpel angerufen. Manchmal fährt er da noch kurz lang, wenn er unterwegs ist. Aber da war Günter auch nicht. Und dann habe ich schließlich bei dem Baumarkt angerufen. Ich war verzweifelt, weil so etwas noch nie vorgekommen war. Man hat ihn dort ausgerufen und die Angestellte ist sogar über den Parkplatz gelaufen und hat nach seinem Wagen Ausschau gehalten. Aber alles ergebnislos. Seitdem ist Günter wie vom Erdboden verschwunden.«

Jetzt wäre die Frage nach einem Verhältnis dran, dachte Thekla. Doch sie wollte der Frau jetzt wirklich nicht den Dolchstoß versetzen. Sie litt offensichtlich wirklich unter dem Verschwinden Ihres Ehemannes. Herbert schien nicht so zartbesaitet und fragte:

»Könnte eine andere Frau im Spiel sein?«

»Wie bitte?«, entrüstete sich Carola.

»Es ist nur eine Frage, die wir stellen müssen«, setzte Herbert nach.

»Ich verstehe. Ihre Kollegen haben mich das auch schon gefragt. Doch Sie können mir glauben, dass Herbert so etwas niemals getan hätte.«

Tja, was sollte man dem entgegensetzen?, dachte Thekla. Dann legte sie den Beutel mit dem Schuh, den sie die ganze Zeit in der Hand gehalten hatte, auf den Wohnzimmertisch. »Wir haben hier einen Schuh gefunden und möchten Sie bitten, ihn sich einmal anzusehen«, sagte sie bedeutungsvoll und zog ihn vorsichtig aus dem Plastiksack.

»Oh mein Gott.« Carola beugte sich vor und hielt ihre Hände vors Gesicht. »Der gehört Günter.«

»Sind Sie ganz sicher?«, fragte Thekla. »Sehen Sie ihn sich in aller Ruhe an.«

»Das muss ich nicht«, flüsterte sie. »Ich habe ihm die Schuhe zu seinem letzten Geburtstag anfertigen lassen. Ich erkenne sie auf den ersten Blick.«

»Bingo«, sagte Okko freudig. Doch als ihn alle merkwürdig ansahen, blickte er betreten zu Boden.

Thekla ließ den Schuh wieder im Plastiksack verschwinden. »Danke, Frau Wehrmann, Sie haben uns damit sehr geholfen.«

»Wo haben Sie den Schuh her?«, flüsterte Carola.

»Ich ... wir haben ihn auf dem Deich gefunden«, antwortete Thekla. Und es hat eine Frau etwas im Wasser treiben sehen, das durchaus ihr Mann gewesen sein könnte, fügte sie in Gedanken hinzu. Und sie wusste, dass die anderen genau dasselbe dachten.

»Auf dem Deich«, wiederholte Carola. »Wo denn genau?«

Thekla beschrieb in ungefähr die Stelle. »Ist Ihr Mann dort vielleicht hin und wieder spazieren gegangen?«

Carola dachte angestrengt nach. »Nein, nicht dass ich wüsste. Wir haben ja nicht einmal einen Hund. Günter werkelt lieber an seinen Pumpen herum.«

»Wo macht er das?«

»In dem Schuppen hinter dem Haus. Ich kann es Ihnen zeigen, wenn Sie wollen.«

»Gerne.«

Die Fünf trotteten hinter Carola hinaus in den Garten. Dann standen sie vor einem Haufen Schrott, wie Herbert dachte und fragte:

»Ihr Mann ist auch beruflich im Handwerk tätig?«

Carola schüttelte den Kopf. »Nein, er arbeitet für eine Versicherung. Also ganz was anderes. Deshalb hat er sich dieses Hobby als Ausgleich gesucht, einfach, um auch etwas mit den Händen zu machen.«

Herbert nickte. »Verstehe.«

Sie sahen sich in dem Durcheinander um, zogen mal hier oder mal dort an einem Seil oder einer Stange, bis auf Agneta, die ihren Pulloverkragen bis weit über den Mund gezogen hatte und nur mit den Augen alles abtastete. Viel zu viel Dreck für eine wie sie, die sich vor allem ekelte, was irgendwie schmutzig war.

»Werden Sie sich denn jetzt weiter um das Verschwinden meines Mannes kümmern?«, fragte Carola hoffnungsvoll.

»Auf jeden Fall«, versicherte Herbert. »Was Sie uns gesagt haben, hilft uns sicher weiter. Und wir bräuchten dann noch die Namen von Freunden, vom Arbeitgeber,

Familie und so weiter. Eben alle, mit denen Ihr Mann so in Kontakt gestanden hat.«

»Sicher«, sagte Carola. Dann gingen sie wieder geschlossen ins Haus und sie schrieb alles auf ein großes Blatt Papier.

Im Wagen haute Herbert die Gänge rein und fuhr so hart an, dass alle in ihre Sitze gedrückt wurden.

»Das wird ein Nachspiel haben«, schrie er wütend. »So etwas lasse ich mit mir nicht machen. Das ist eine totale Verarschung. Man hätte uns den Fall sofort geben müssen. Und nicht einmal den Schuh hat man untersucht. Die lachen doch alle nur über uns.«

Wütend bog er in die nächste Straße ein und alle reckten die Hälse nach links.

»Es stimmt ja«, sagte Thekla, weil die anderen betreten schwiegen. Agneta hatte ein Tütchen Traubenzucker aus ihrer Jackentasche gezogen und stopfte sich gleich zwei Tabs rein. »Doch wir sollten jetzt wirklich Ruhe bewahren und genau überlegen, was wir als Nächstes tun.«

»Ja, Thekla hat recht«, pflichtete Okko bei. »Es bringt nichts, wenn wir jetzt toben, wir müssen die Sache geschickter angehen.«

»Geschickter?« Herbert schaltete in den dritten Gang zurück und der Motor heulte auf. Dann sprang die Ampel auf Rot und er bremste weiter ab.

»Ja, irgendwie schon«, fuhr Okko fort, der auf dem Beifahrersitz saß, weil er für sich aufgrund seiner Leibesfülle am meisten Platz beanspruchte und deshalb nicht hinten sitzen durfte. »Wenn wir nämlich den Fall lösen, dann können wir denen beweisen, dass wir mehr können als nur dumm herumsitzen den ganzen Tag. Mir macht das übrigens auch keinen Spaß.«

»Okko hat recht«, sagte Thekla, »wir zeigen es ihnen. Die werden sich noch wundern, was wir so drauf haben.«

»Jawoll«, sagte Siggi, dem die positive Entwicklung entgegenkam. Er saß zwischen Thekla und Agneta und sah von einem zum anderen.

»Was schlagt ihr also vor?«, lenkte Herbert ein und fuhr wieder an, als die Ampel auf Grün sprang.

»Na, wir ermitteln und finden den Günter. Tod oder lebendig«, sagte Thekla, »das werden wir dann sehen.«

»Das wird aber nicht so leicht«, gab Agneta zu bedenken. »Wir kommen doch an nichts ran, was den Fall betrifft.«

»Ach, das geht schon irgendwie«, sagte Okko, »ich hab doch einen guten Draht zu Stindt. Ich werde nachher mal bei ihm vorbeischauen.«

»Na, was der Draht bisher gebracht haben soll, ist mir schleierhaft«, murmelte Herbert.

Es kommt auf die richtige Taktik an

Am nächsten Tag herrschte emsiges Treiben im Büro der Soko Norddeich 117. Thekla kochte, entgegen ihrer bisherigen Gewohnheit, sogar Kaffee statt Tee, weil das die Lebensgeister und den Spürsinn wecke, wie sie sagte.

»Ich kümmere mich um das Umfeld von Günter Wehrmann«, schlug Agneta vor.

»Da bin ich dabei«, sagte Siggi schnell und die beiden tauschten Blicke, die nur Thekla im Augenwinkel mitbekam und sehr wohl registrierte.

»Das Umfeld ist wohl ein dehnbarer Begriff«, meinte sie, »ich würde sagen, ihr nehmt den Arbeitgeber, ich knöpfe mir mit Okko die Familie und die Freunde vor.«

Die beiden anderen nickten.

Herbert, der bisher nichts gesagt hatte, sondern grübelnd an seinem Platz saß, sagte: »Und ich werde mich um den PC kümmern, den wir brauchen.«

»Ich muss doch noch den Bericht über das Verschwinden von dem Wehrmann besorgen«, gab Okko zu bedenken. »Soll ich da nicht auch die Sache mit dem PC übernehmen? Ich meine, wo ich den Stindt doch ...«.

»Ja, wir wissen, dass du ihn persönlich kennst«, vollendete Herbert genervt den Satz von Okko. »Dann müssen wir beide wohl zusammenarbeiten«, fuhr er in Richtung Thekla fort.

»Sicher«, sagte Thekla leicht pikiert. Auf ein Duett mit Herbert hatte sie nun bestimmt keine Lust. Doch auf der anderen Seite konnte sie so vielleicht in Erfahrung bringen, warum er so ein großer Kotzbrocken war.

»Gut, dann geh ich schon mal los«, sagte Okko. »Wir sehen uns später wieder hier?«

»Wo sonst?«, fragte Herbert. »Klär doch gleich mal mit deinem Duzfreund ab, ob wir nicht doch noch weitere Büros bekommen können. Ich finde, es ist schon eine verdammte Zumutung mit fünf Mann auf fünfundzwanzig Quadratmetern. Da hat ja jedes Rindvieh im Stall mehr Platz für sich.«

»Alles klar«, sagte Okko, »ich frag ihn mal.« Dann verschwand er durch die Tür.

»Gut«, sagte Herbert, »dann machen wir uns jetzt mal an die Arbeit.«

Er stand auf und holte seinen Mantel aus dem Schrank. Dann sah er in Richtung Thekla.

»Ich komme ja schon«, sagte diese, stürzte den Rest ihres Kaffees herunter und ging hinter Herbert her zur Tür. »Und ihr beiden? Wollt ihr nicht auch losgehen?«

»Ja gleich«, kam es von Agneta und Siggi.

Thekla hatte gehofft, dass sie auch gleich mitkämen nach draußen. Irgendwie behagte es ihr nicht, die beiden hier alleine im Büro zu lassen. Doch auf der anderen Seite war Siggi verheiratet. Er würde doch wohl nicht? Oder etwa doch? Immerhin war er ein Mann. Und Agneta war auch irgendwie eine Frau. Und erst jetzt fiel Thekla auf, dass sie sich heute das erste Mal die Wimpern getuscht hatte, seitdem sie sie kannte. Was lief da zwischen den beiden?

»Worauf warten wir noch?«, fragte Herbert aus dem Flur.

»Ach, nichts«, sagte Thekla und folgte ihm zum Wagen. Immerhin konnte sie weiter mit dem BMW fahren, während Agneta und Siggi gleich in Siggis alten Opel steigen mussten.

Als sie die Tür des BMW zuzog, war von den beiden noch immer nichts zu sehen.

Herbert tippte die erste Adresse ein, die sie zu einem Bruder von Günter in Aurich führen würde.

»Sicher auch komisch, oder?«, fragte Thekla, als sie die Ruhe im Wagen nicht mehr ertrug.

»Was?«, fragte Herbert und sah sie von der Seite an.

»Na ja, ich meine, dass du jetzt mit uns arbeiten musst, nachdem du doch in Papenburg ein eigenes Büro gehabt hast und so.«

Herbert lachte höhnisch auf. »Manch einer würde jetzt sagen, es gibt Schlimmeres im Leben.«

»Aber du nicht?«

»Ach, man kann sich mit vielem arrangieren. Und letztlich muss ich jetzt auch nicht mehr so weit fahren wie sonst.«

Was sollte sie jetzt noch sagen?, fragte sich Thekla. Es drängte sie nach Konversation.

»Ich bin gespannt, ob Okko was erreicht bei Stindt«, fuhr sie fort.

»Da hab ich so meine Zweifel. Ich weiß ja, wie die arbeiten.«

»Du meinst Kriminalkommissare?«

Herbert nickte. »Da werden nur die direkt Beteiligten in einen Fall eingeweiht. Und wenn Okko glaubt, dass er da nur mit dem Finger schnippen muss, dann hat er sich getäuscht.«

»Na ja, wir werden sehen«, meinte Thekla, die die Feindseligkeit in Herberts Stimme, als er Okkos Namen erwähnte, nicht entgangen war.

Herbert sagte nichts mehr, bis sie schließlich beim Haus von Günter Wehrmanns Bruder in Aurich ankamen.

»So«, sagte er, »ran an den Speck.«

Sie stiegen aus und Thekla drückte auf den Klingelknopf. Eine Frau in Kittelschürze mit einem Kochlöffel in der Hand öffnete.

»Polizei Norddeich«, sagte Herbert. »Könnten wir Klaus Wehrmann sprechen?«

»Meinen Mann? Worum geht es denn?«

»Um Ihren Schwager, Günter Wehrmann.«

»Ach so. Der Klaus ist aber nicht da. Er ist bei der Arbeit. Er kommt erst spätabends nach Hause. Und ich kann auch gar nicht so genau sagen, wann überhaupt, weil er Lkw-Fahrer ist. Da gibt es keinen geregelten Feierabend.«

»Ach so«, sagte Thekla, »das verstehen wir natürlich. Könnten wir uns vielleicht mit Ihnen kurz unterhalten?«

»Mit mir? Na ja, wenn Sie meinen, dass das nötig ist.« Sie gab den Eingang frei und bat die beiden in die Küche, wo auf dem Ofen ein Schnellkochtopf zischte. »Steckrüben«, sagte sie erklärend.

Thekla nickte und setzte sich an den Tisch. »Wie gut kennen Sie denn Ihren Schwager Günter?«, fragte sie.

»Ach du liebe Güte«, sagte Karin Wehrmann. »Wie man seinen Schwager eben so kennt. Und so viel haben wir mit Carola und Günter auch gar nicht zu tun, wenn ich ehrlich bin.«

»Und wieso nicht? Immerhin ist Ihr Mann der einzige Bruder von Günter Wehrmann«, fragte Herbert, der sich ans Fenster gestellt hatte und in den Garten sah.

»Das kann ich Ihnen gar nicht sagen«, fuhr Karin Wehrmann fort, »Günter arbeitet im Büro und Klaus ist eben ein ganz anderer Typ.«

»Das heißt also, dass Sie sich kaum getroffen haben?«

»Wenn man so will, ja«, sagte Karin Wehrmann, »höchstens mal zu Familienfeiern, wie das eben so ist. Aber sonst wirklich eher selten. Manchmal, da kam Günter hier schon vorbei, wenn er etwas für seine Pumpen brauchte.«

»Und wann brauchte er das letzte Mal etwas für seine Pumpen?«, fragte Thekla und ließ Karin Wehrmann nicht aus den Augen. Ihr weiblicher Instinkt sagte ihr, dass diese Frau ihr etwas verheimlichte.

»Da muss ich überlegen ...«. Karin Wehrmann fuhr sich mit der Hand über die Stirn, als ob das ihr Erinnerungsvermögen beschleunigen würde. »Vielleicht ist es vier oder fünf Wochen her. Aber wie gesagt, genau weiß ich das nicht.«

»Das hieße dann, es war kurz vor seinem Verschwinden?«

»Ich weiß es nicht.«

»Aber Sie wissen doch, seitdem Günter Wehrmann, Ihr Schwager, vermisst wird, oder?«

Karin Wehrmann wand sich auf ihrem Stuhl. »Ehrlich gesagt haben wir davon erst aus der Zeitung erfahren«, gab sie zu.

Das ließ natürlich tief blicken, fand Thekla. Wenn Carola Wehrmann nicht einmal bei ihrem Schwager anrief, wenn ihr Mann verschwunden war.

»Sie wollen also sagen, dass Carola Wehrmann sich nicht bei Ihnen erkundigt hat, ob Sie ihren verschwundenen Mann gesehen haben?«, fragte Herbert interessiert.

Karin Wehrmann schüttelte mit dem Kopf. »Nein, das hat sie nicht.«

»Aber wieso nicht? Das verstehe ich nicht? Es wäre doch auch naheliegend gewesen, direkt bei Ihnen nachzufragen, ob ihr Mann sich vielleicht hier bei Ihnen aufhält.«

Karin Wehrmann zog die Schultern bedauernd an. »Ich kann Ihnen nur das sagen, was ich weiß. Und Carola hat hier nicht nachgefragt und sie hat uns auch nicht Bescheid gesagt, dass Günter verschwunden ist. Und deshalb ist Klaus auch stinksauer auf Carola. Ich meine, wie sieht das denn aus, wenn Klaus von Leuten auf der Straße erfährt, dass sein Bruder vermisst wird.«

»Eben sagten Sie aber noch, dass Sie es aus der Zeitung erfahren hätten«, korrigierte Herbert.

»Ach, was weiß ich ... irgendwie haben wir es hier oder da zuerst gehört. Das spielt doch auch gar keine Rolle. Es ist auf jeden Fall schlimm, und ich hoffe, dass Günter bald wieder auftaucht. Ich habe ja nichts gegen Carola.«

Aha, dachte Thekla. Eindeutiger Hinweis, dass da irgendwas im Busch war. Sie würde auf jeden Fall noch einmal mit Carola Wehrmann über ihr Verhalten sprechen müssen.

Der Topf auf dem Herd gab ein lautes Zischen von sich.

»Ich muss mich jetzt um das Essen kümmern«, sagte Karin. »Wenn Sie meinen Mann sprechen wollen, dann sollten Sie vorher anrufen, damit Sie den Weg nicht wieder umsonst machen.«

»Ach, umsonst war der Weg nicht«, sagte Thekla.

»Wen haben wir noch auf der Liste?«, fragte Herbert, als sie wieder im Wagen saßen.

»Ein paar Vettern und Kusinen hätte ich noch im Angebot«, sagte Thekla, »aber die wohnen weiter weg.

»Weiter weg ist wo?«

»Hm ... in Oldenburg und in Bremen.«

»Ach du lieber Gott ... das tun wir uns heute nicht mehr an.«

»Finde ich auch. Ich würde lieber noch einmal zu Günter Wehrmanns Frau fahren. Sie wohnt ja in Norden.«

»Ach ja? Wieso das denn?«

»Ich weiß nicht, es ist im Moment nur so ein Gefühl.«

»Gefühl? Also man merkt, dass du ein Neuling in Sachen Kripo bist. Da haben Gefühle in der Regel nichts zu suchen«, meinte Herbert und ließ den Wagen an.

»Dann nennen wir es einfach mal Intuition«, gab Thekla zurück. »Und ich glaube, davon hast selbst du in der Vergangenheit bei deinen Fällen schon profitiert.«

Herbert sah sie von der Seite an. »Ja, irgendwie schon ...«.

»Was war denn dein härtester Fall?«

»Ich weiß nicht«, antwortete Herbert. »Und beim Fahren spreche ich sowieso nicht gerne.«

Na, macht nichts, dachte Thekla nach der Abfuhr. Sie musste sowieso noch einmal über das Gespräch mit Karin Wehrmann nachdenken, bevor sie gleich wieder mit Carola sprach.

Doch als sie in Norden bei Carola Wehrmann klingelten, da machte diese nicht auf.

»Schade«, sagte Thekla, »dabei hätte mir da was auf der Zunge gelegen.«

»Vielleicht sollten wir jetzt einfach ins Büro zurückgehen«, schlug Herbert vor. »Bestimmt hat Super-Okko schon den Bericht für uns geholt.«

Das werde ich dir auch noch abgewöhnen, dachte Thekla, diese Hetzerei gegen Okko. Dann sah sie aus dem Seitenfenster und schwieg. Für ihre Verhältnisse wirklich verdammt lange, bis sie bei der Dienststelle Norddeich ankamen. Der Wagen von Siggi war nicht da, das fiel Thekla als Erstes auf. Also würden sie nicht auf ein knutschendes Pärchen im Büro stoßen. Wenigstens das.

»He, da seid ihr ja wieder«, wurden sie kurz darauf herzlich von Okko begrüßt. Er wedelte auch gleich darauf mit einem Hefter vor Herberts Nase herum, als dieser sich an seinen Platz gesetzt hatte. »Ich hab ihn. Hier, du sollst ihn als Erster lesen.«

Wenn du wüsstest, dachte Thekla.

»Da sind Fettflecken drauf«, monierte Herbert, als er die erste Seite des Berichts in die Hand nahm.

»Oh«, sagte Okko und wischte mit seinen Händen an seinen Hemdsärmeln auf und ab. »Ich hab eben ein Leberwurstbrot gegessen, das muss davon kommen.«

Herbert räusperte sich vernehmlich und begann mit spitzen Fingern das Blatt haltend, zu lesen.

»Und was habt ihr so getrieben?«, fragte Okko Richtung Thekla.

»Ach, wir waren bei Günter Wehrmanns Bruder. Oder vielmehr haben wir nur mit seiner Schwägerin sprechen können ...«. Sie berichtete in Stichworten von dem Besuch und auch, dass sie da etwas im Gefühl hätte.

»Du meinst, eine Frauensache?«, hakte Okko nach.

»Ganz genau«, sagte Thekla verschwörerisch.

»Das kenne ich von meiner Gertrud«, sagte er lachend. »Wenn die nicht über andere herziehen kann, dann ist die krank. Aber ich glaube, Frauen sind einfach so ... oh, ich wollte dich jetzt nicht beleidigen, schließlich bist du auch ...«.

»Schon gut«, grinste Thekla, »ich weiß ja, was du meinst. Hast du übrigens schon etwas von Agneta und Siggi gehört?«

»Gehört? Ne. Als ich wieder zurückkam, war niemand hier. Die wollten doch zu dem Arbeitgeber von Wehrmann fahren.«

»Genau. Sicher sind sie gleich zurück.«

»Da steht ja nicht viel drin«, sagte Herbert und stoppte die nette Konversation. »So wie es aussieht, haben die nicht mal die Leute befragt, die wir uns heute vorgeknöpft haben. Oder wenn, dann nur per Telefon. Die scheinen die Sache überhaupt nicht ernst zu nehmen.«

»Merkwürdig«, meinte Thekla. »Vielleicht liegt es an der Unterbesetzung.«

»Umso mehr ein Grund dafür, dass sie uns hätten in den Fall einweihen können«, brummte Herbert. »Ich denke, ich werde mal mit dem Stindt sprechen müssen. So geht das nicht. Schließlich ist ein Mann verschwunden.«

»Und er könnte tot sein«, fügte Thekla hinzu.

»Auch das«, pflichtete Herbert bei. »Ich denke, hier muss mal ein Machtwort gesprochen werden.«

Er machte bereits Anstalten, zur Tür zu gehen, als Thekla ihn stoppte.

»Warte mal«, sagte sie, »wir hatten doch gesagt, dass wir den Fall lösen wollen, um damit zu beweisen, dass man uns ernst zu nehmen hat, oder?«

Herbert hielt in der Bewegung, nach dem Türgriff zu fassen inne und drehte sich noch einmal um. »Ja, das stimmt. Aber die Dinge sind glaube ich schlimmer, als ich dachte. So wie wir das geplant hatten, wäre es eine Art Wettstreit mit den Kollegen geworden. Aber die tun ja gar nichts. Wie sollen wir denn da beweisen, dass wir besser sind?«

Typisch Mann, dachte Thekla und sagte: »Es geht doch nicht immer um einen Wettstreit«, belehrte sie. »Wir wollen zeigen, dass wir was auf dem Kasten haben. Dass wir Fälle lösen können und so.«

»Also, da brauche ich wohl nichts zu beweisen«, sagte Herbert und setzte sich wieder an seinen Platz.

»Das weiß ich doch. Aber denk doch mal uns anderen. Wir stehen sozusagen vor einer Feuerprobe. Man hat uns aufs Abstellgleis geschoben, weil man dachte, da können die nicht mehr viel kaputt machen und sie sind auch nicht im Weg. Oder Okko?«

Okko zog die Mundwinkel bis in die Achselhöhlen. »Ja, das stimmt. Irgendwie wurden wir ausrangiert.« Um sich zu trösten, griff er in seine Aktentasche und zog ein Butterbrot heraus. Eigentlich nahm er die Tasche sowieso nur noch wegen der Brote mit.

»Siehst du, Okko sieht das genauso.«

»Hm …«, machte Herbert. Und im Grunde hatten die beiden ja recht. Und es war müßig für ihn, jetzt zu dem Schluss zu kommen, dass es ihm nicht viel anders ging als den beiden. Wenn man einen gestandenen Kriminalkommissar wie ihn mit solchen Leuten zusammensteckte, was sagte das dann wohl darüber aus, was sie über ihn dachten? »Na gut«, sagte er also, »ihr habt recht. Ich schließe mich eurer Analyse an und wir lösen den Fall, ohne dass die anderen hier im Haus etwas darüber erfahren müssen.«

»Aber ich hab doch den Bericht von Stindt geholt«, gab Okko zu bedenken.

»Und was hast du zu Stindt gesagt, warum du den brauchst?«, fragte Thekla und machte einen langen Hals.

103

Okko grinste, biss vom Brot ab und sagte: »Ich hab gesagt, dass wir von der Sache in der Zeitung gelesen hätten und irgendwas bräuchten, was wir als Dummy für unsere ersten Ermittlungserfahrungen nutzen könnten.«

»Und das hat der geschluckt?«

»Scheint so. Jedenfalls hat es nicht lange gedauert, und ich hatte den Bericht in der Hand. Er hat noch gesagt, da könnt ihr nicht viel kaputt machen, das ist eine praktisch abgeschlossene Sache.«

»Soso«, sagte Thekla, »hat er das gesagt. Na, ich denke, der wird sich noch wundern.«

Es war das erste Mal, dass Herbert anerkennend in ihre Richtung nickte und nicht durch sie hindurchsah, wie sie es üblicherweise gewohnt war als Frau Ende fünfzig.

Nach einer weiteren halben Stunde, in der Thekla Tee gemacht hatte, Herbert den Bericht über das Verschwinden von Günter Wehrmann zum hundertsten Mal gelesen und moniert hatte und mit Okko darüber diskutierte, warum dem so war, da ging endlich die Tür auf und Agneta und Siggi kamen zurück. Es war schon fast ein Gefühl von Familientreffen, das sich ausbreitete, als sie darauf warteten, was die beiden erreicht hatten. Und das war nicht viel, wenn man es genau nahm. Aber auch nicht uninteressant.

»Die ersten Tage, wo er fehlte, hat man sich noch gar keine großen Sorgen gemacht«, begann Agneta, »denn das kam wohl öfter vor.«

»Was? Dass er nicht zur Arbeit kam?«, fragte Thekla nach.

»Ganz genau. Allerdings ist das in dem Versicherungsgewerbe ja nun nicht wirklich unüblich, wie man uns auch versicherte. Denn oft arbeiten die Agenten von zuhause aus und kommen gar nicht erst ins Büro, wenn sie auch noch Kundengespräche außerhalb erledigen.«

»Und da müssen die sich nicht irgendwo abmelden oder so?«, fragte Okko.

»Nein, offensichtlich nicht«, fuhr Agneta fort. »Das ist nur ein kleines Büro mit drei Angestellten, die haben viel zu tun, bei dem Wind hier oben an der Küste.«

Thekla zog die Stirn kraus.

»Na ja, viele brauchen hier Versicherungen gegen alles. Sie haben Angst, dass Bäume auf ihre Autos und Häuser fallen, dass der Wind das Haus abbedeckt, dass überhaupt Sachen durch die Gegend wirbeln ...«.

»Und dass der Deich bricht«, ergänzte Okko. »Aber dagegen kann man sich nicht versichern. Meine Frau hat das mal versucht, deshalb weiß ich das so genau.«

»Okay«, sagte Thekla, »man lernt nie aus. Aber das spielt uns nicht gerade in die Karten bei der Sache wegen Günter Wehrmann, wenn die da gemacht haben, was sie wollten. Ich sage euch, wir müssen doch noch einmal mit seiner Frau sprechen. Vielleicht gibt sie uns ja seinen Terminplaner, dann wissen wir wenigstens, wer seine Kunden waren, bevor er verschwand.«

»Hervorragende Idee«, sagte Herbert.

Schon wieder ein Lob, dachte Thekla und sah irritiert in die andere Richtung. Was will der von dir? Suchte er nach einer Verbündeten auf Augenhöhe, wenn neue Büros verteilt wurden? Sie jedenfalls würde sich keines mit ihm teilen wollen, soviel stand fest. Denn die bösen Schwingungen, von denen Agneta gesprochen hatte, sie hingen wie ein Spinnennetz über ihm. Und desto freundlicher er wurde, umso verdächtiger machte er sich auch.

Die Telefone schrillten und Siggi, der mit seinem Stuhl gewippt hatte, fiel hinten über.

»Soko Norddeich 117«, meldete sich Okko, der geistesgegenwärtig als Erster zum Telefon gegriffen hatte.

»Oh, der Herr Fahnster«, flötete Gretchen Bruns in sein Ohr.

»Frau Bruns? Wie kann ich Ihnen denn behilflich sein?«

»Ach, ich glaube, mir ist da noch etwas eingefallen«, sagte sie. »Vielleicht sollten wir uns noch einmal auf dem Deich treffen? Oder ich kann auch zu Ihnen kommen. Ganz wie Sie wünschen.«

»Dann kommen Sie doch am besten zu uns in die Dienststelle«, meinte Okko und plusterte sich auf, während Thekla wild anfing zu winken und den Kopf schüttelte.

»Nein«, flüsterte sie, »nicht hierher ...«.

»Oder warten Sie«, sagte Okko, »vielleicht könnten wir uns doch lieber auf dem Deich treffen.«

»Ach«, kam es enttäuscht vom anderen Ende, »aber da raus möchte ich heute eigentlich nicht mehr. Es ist auch ziemlich windig geworden. Aber Sie können gerne bei mir auf einen Tee vorbeischauen, wenn Sie möchten.«

»Ja, sicher, warum nicht. Tee bei Ihnen klingt gut.«

Okko sah fragend zu Thekla und wartete auf ein bestätigendes Nicken.

Thekla nickte.

»Gut, dann machen wir uns gleich auf den Weg, Frau Bruns.«

»Ach, es reicht auch, wenn Sie alleine kommen, Herr Fahnster«, säuselte Gretchen. »So viel Platz hab ich nun auch wieder nicht im Haus.«

»Na gut, dann komme ich alleine«, sagte Okko, während Thekla schon wieder die Lippen schürzte, und legte schnell auf.

»Wieso alleine?«, fragte sie. »Hast du schon vergessen, dass wir ein Team sind?«

»Es klang so, als wolle sie mich alleine sprechen«, sagte Okko entschuldigend. »Und dann geht es doch auch viel schneller.«

»Okko hat recht«, sprang ihm Herbert zur Seite. »Fahr los, desto eher bist du wieder hier.«

Als Okko nach nicht einmal einer Stunde zurückkam, sah er irgendwie anders aus, fand Thekla.

»Das liegt an der Jacke«, sagte Okko und schälte sich aus dem viel zu großen Fischgrätmantel. »Die olle Bruns wollte unbedingt, dass ich den Mantel von ihrem verstorbenen Mann trage. Angeblich habe ich große Ähnlichkeit mit ihm.«

»Bist aber wohl mindestens einen halben Meter kleiner«, lachte Siggi.

»Haha«, sagte Okko und legte den Mantel über seinen Stuhl.

»Und was hat sie sonst noch gesagt?«, fragte Thekla.

»Tja, das war dann wohl der angenehmere Teil der Exkursion.« Okko lehnte sich zurück, wurde aber irgendwie von dem Mantel gestoppt und lehnte sich schließlich auf den Schreibtisch. »Sie erinnert sich daran, in der Nacht, als sie das Treibgut gesehen hat, auch einen Wagen beobachtet zu haben.«

»Was für einen Wagen? Man, nun lass dir doch nicht alles aus der Nase pulen«, sagte Thekla.

»Es war dunkel, deshalb kann sie sich auch nicht an eine Marke erinnern. Es war nur so, dass ihr der Wagen aufgefallen ist, weil die ganze Zeit, wo er geparkt hat, das Licht im Innenraum brannte.«

»Ja Gott, da muss sie doch was gesehen haben«, fluchte Thekla. »Hast du sie denn nicht unter Druck gesetzt?«

»Was hätte ich denn machen sollen?«, fragte Okko, »ihr etwa die Hände auf dem Rücken fesseln und sie an den Stuhl binden oder wie?«

»Ach, ich weiß auch nicht. Hat sie denn nicht gesehen, wer in dem Wagen gesessen hat?«, fragte Thekla jetzt entspannter.

»Nein, sehen konnte sie doch nichts. Sie hatte ja ihre Brille nicht dabei. Sie meinte, spazieren gehen, das kann sie wohl noch so. Aber zum Auto fahren, da braucht sie eine Brille.«

»Ich werd bekloppt«, sagte Thekla, »dann ist das also alles nichts außer heißer Luft und du hast einen neuen Mantel. Prost Mahlzeit.«

»Das ist ein gutes Stichwort«, sagte Herbert. »Ich finde, wir haben uns den Feierabend jetzt wirklich verdient.«

Siggis Versprechen

Siggi grübelte auf der Heimfahrt über die letzte halbe Stunde in der Dienststelle nach. Er hatte so ein Gefühl, das er nicht beschreiben konnte. Auch wenn Gretchen Bruns nur ein Licht in einem Wagen gesehen hatte, so war da noch mehr. Natürlich war da mehr. Er kannte sich da aus. So, in aller Heimlichkeit im Wagen, so trafen sich Liebespaare, von denen niemand wissen durfte, dass sie eines waren. Und jetzt erklärte sich auch sein merkwürdiges Gefühl, denn er selber war mal einer von denen gewesen. Gesa hieß sie. Sie arbeitete in der kleinen Bäckerei, in der er immer Halt machte, wenn er auf den Straßen Ostfrieslands unterwegs war. Und jedes Mal, dauerte sein Stopp da länger. Mal wusste er nicht genau, was er nehmen sollte, ein anderes Mal, da blieb er gleich auf einen Kaffee. Und eines Tages, als Gesa alleine im Laden war, da passierte das, was er sich gewünscht hatte, doch von dem er wusste, dass es nach seinen Moralvorstellungen und vor allem nach denen von seiner Frau Simone, ganz und gar nicht in Ordnung war. Er ging mit Gesa in den Raum hinter dem Verkaufstresen und sie küssten sich. Es geschah fast wie von selbst. Wie hätte er sich denn wehren sollen? Gesa hatte so wunderschöne blaue Augen, die ihn praktisch wehrlos machten.

Hinterher, als er im Wagen saß, da hatte er es schon bereut. Und zuhause, da hatte er Simone davon erzählt. So war Siggi eben, er konnte nichts für sich behalten.

Und eine halbe Stunde später, als er jetzt zuhause ankam, da erzählte er ihr von Gretchen Bruns, von dem ganzen Fall, an dem sie arbeiteten. Und von dem Wagen, der da beleuchtet in der Nacht des Wetterleuchtens gestanden hatte.

»Bestimmt ein Liebespaar«, sagte Simone und sah ihn verächtlich über die Schulter hinweg an. »Hast du sowas auch gemacht? Damals mit deiner Gesa?«

»Nein«, sagte Siggi, »das weißt du doch. Es war nur dieser eine Kuss.«

»Das sagen sie doch alle.«

Simone pfefferte den Kochtopf mit Bohnensuppe auf den Tisch. Wieso kann ich nie etwas für mich behalten?, fragte sich Siggi und ihm wurde schon wieder ganz anders. Er hatte Simone angelogen. Die Sache mit Gesa, die war noch eine ganze Weile weitergegangen. Und wäre er nicht nach Norddeich versetzt worden, nachdem er nach der Kur wieder in den Dienst gekommen war, nun, dann würde er sich immer noch mit ihr treffen. Es war ja nichts Sexuelles, tröstete er sich immer über sein schlechtes Gewissen hinweg. Mit Gesa, da konnte er reden. Einmal, da hatte er

112

sogar geweint, als er ihr über den blonden Schopf gefahren war, als sie in seinem Wagen saßen in einem Waldstück, wo eigentlich nie jemand vorbei kam. »Warum weinst du?«, hatte sie gefragt. »Ich weiß es nicht«, war seine Antwort gewesen. Und das stimmte eigentlich auch. Siggi weinte praktisch zu jeder Gelegenheit. Das hatte man während seiner psychosomatischen Kur zu kurieren versucht. Doch die kannten Simone ja nicht. Denn wenn, dann hätten sie gewusst, warum er immer so traurig war.

»Wenn du fertig bist, dann kannst du deinen Dreck alleine wegräumen«, sagte Simone und holte ihn aus seinen Gedanken zurück.

Siggi nickte. Simone verließ die Küche und kam nach kurzer Zeit wieder zurück, als er sich Suppe auf den Teller getan hatte und dabei zusah, wie die Bohnen von seinem Löffel geschoben über den Tellerrand wanderten.

»Wenn die Bruns da was gesehen hat, dann ist da was dran«, sagte sie und setzte sich zu ihm an den Tisch, als wenn nichts gewesen wäre.

»Meinst du?«, fragte Siggi unsicher.

»Doch. Sie ist zwar eine alte Tratschtante, aber meistens hat sie recht mit dem, was sie sagt. Deshalb ist sie ja gerade bei Ehebrechern so gefürchtet, weil sie ihre Augen überall hat.«

Siggi zuckte zusammen. Hielt sie ihm jetzt etwa schon wieder eine Predigt?

»Und dieser Günter Wehrmann ist also tatsächlich immer noch verschwunden?«, fragte sie stattdessen.

»Ja, das ist er.«

»Dann hat der bestimmt was am Laufen. Der ist im Außendienst. Solche Männer haben doch immer was am Laufen.«

Siggi schluckte.

»Mach dir keine Sorgen, ich reite nicht wieder auf deiner Liebschaft mit dieser kleine Bäckerin herum«, sagte Simone, »und schließlich hast du sie ja auch nur einmal geküsst. Richtig?«

Siggi nickte schnell. »Kennst du denn die Wehrmanns?«

Simone lachte auf. »Wer kennt die nicht? Schließlich arbeitet er in der Versicherungsbranche. Irgendwann haben die jeden beim Wickel.«

»Also war er auch schon hier bei uns im Haus?«

Simone bestätigte es mit einem eindringlichen Nicken.

»Und du hast eine Versicherung bei ihm abgeschlossen?«

Simone schüttelte den Kopf.

»Dann ist ja gut«, sagte Siggi. »Das wäre sonst vielleicht ein Interessenkonflikt, wenn ich an dem Fall arbeite.«

Jetzt lachte Simone auf. »Na ja, ich glaube, den Konflikt hast du auf jeden Fall am Hals, denn ich habe zwar keine Versicherung bei dem Günter abgeschlossen, doch ich habe ihn geküsst.«

Jetzt fiel Siggi der Löffel aus der Hand.

»Tja, da staunst du was? Glaubst du etwa, du bist der Einzige, der sowas kann?«

»Das hast du mir bisher aber nicht erzählt«, sagte er fassungslos.

»Du musst ja auch nicht alles wissen. Außerdem war es zu der Zeit, wo du so krank warst. Du warst ja kaum noch ansprechbar. Und dann bist du auch noch zur Kur gefahren. Sag mir mal bitte, welche Frau es so lange ohne Mann aushält. Und ehrlich gesagt, so richtig wieder da bist du ja auch immer noch nicht.« Sie zeigte mit dem Finger gegen ihre Stirn.

Siggi standen wieder Tränen in den Augen.

»Jetzt fang bloß nicht wieder an zu heulen«, sagte Simone. »Ich finde, wir haben die Dinge doch ganz gut im Griff. Mach endlich mal wieder einen richtigen Mann aus dir, damit ich wieder Respekt vor dir haben kann.«

Betreten sah Siggi auf seine Bohnensuppe. Vielleicht hatte Simone ja wirklich recht mit allem, was sie sagte. Er war kein richtiger Mann. Er hatte ja nicht einmal Gesa flachgelegt. Jeder andere hätte das gemacht. Selbst Okko.

»Magst du die Suppe nicht mehr?«, fragte Simone, »die wird ja schon ganz kalt. Dafür steht man nun also den ganzen Tag in der Küche.«

Sie räumte den Topf und den Teller weg.

»Ach übrigens«, rief sie von der Spüle aus, wo das Wasser über den Teller plätscherte. »Das mit der Affäre mit dem Günter, das war doch nur erfunden. Du hast doch nicht wirklich geglaubt, dass ich mich mit jedem dahergelaufenen Versicherungsfritzen einlasse, oder?« Sie stellte das Wasser ab und kam wieder zum Küchentisch, wo Siggi immer noch reglos saß. »He, mein Schatz, wir beide, wir gehören doch zusammen. Auch wenn es manchmal nicht leicht ist mit uns.« Sie griff nach seiner Hand und zog ihn vom Stuhl zu sich an die Brust heran. »Nun küss mich schon, du Loser«, sagte sie und Siggi wusste nicht, wie er dem noch aus dem Weg gehen sollte. Also küsste er sie, während sie seine Hände nahm und sie hinten auf ihren Po lagerte und an sich drückte.

Frühstück in der Dienststelle

Thekla war am nächsten Morgen die Erste in der Dienststelle. Im Prinzip hatte sie die halbe Nacht nicht schlafen können. Das lag zum einen an ihrem linken Fußgelenk. Manchmal waren die Schmerzen der beginnenden Arthrose so stark, dass sie nicht wusste, wie sie den Fuß legen sollte. Und auf der anderen Seite, da ging ihr die Beobachtung von Gretchen Bruns nicht aus dem Sinn. Ein Wagen mit Licht im Inneren. Auch wenn sie selber nur wenig Erfahrung mit amourösen Abenteuern vorweisen konnte, so konnte sie sich so manches vorstellen. Außerdem sah sie regelmäßig diese Serien im Fernsehen, wo einer die Hand nicht vom anderen lassen konnte.

Was war, wenn dieser Günter Wehrmann sich dort in der Nacht beim Wetterleuchten mit seiner Geliebten getroffen hatte? Und wenn diese Geliebte zum Beispiel einen Mann hatte, der von der ganzen Sache Wind bekommen hatte. Er war ausgerastet, hatte die beiden zur Rede gestellt und schließlich hatte er Günter Wehrmann aus dem Wagen gezogen, es war zu einem Kampf gekommen und der Gehörnte hatte Wehrmann vielleicht sogar ungewollt ermordet. Dann musste die Leiche entsorgt werden. Und wo ging das besser als im Meer. Und das wiederum hatte die Bruns gesehen, als sie etwas im Wasser treiben sah. Doch eines passte da nicht zusammen, dachte Thekla, als sie den Tee aufgoss und zur Uhr sah. Die anderen mussten eigentlich auch gleich kommen. Es passte nicht zusammen, dass die Bruns das Licht im Wagen gesehen hatte, nachdem sie auch das dunkle Etwas im Wasser beobachtet hatte. Das würde nämlich heißen, es waren andere Leute, die da im Wagen gesessen hatten, aber nicht der Wehrmann. Denn der hätte ja bereits auf dem Meer getrieben zu dem Zeitpunkt. Die einzige Erklärung, die ihr dazu in den Sinn kam, war, dass das Paar, die Geliebte und der Gehörnte, nach der Tat so getan hatten, als seien sie ein Pärchen, weil sie Gretchen Bruns entdeckt hatten, nachdem sie kurz zuvor Günter Wehrmann im Meer entsorgt hatten. Sie wollten sich verstecken, bis die Frau auf dem Deich mit ihrem Köter wieder verschwunden war. Aber eine Frage blieb trotzdem, warum waren sie nicht einfach weggefahren? Das wäre die einfachste Lösung gewesen. Auf der anderen Seite konnten sie ja nicht wissen, dass Gretchen Bruns ohne Brille unterwegs war und somit nichts Genaues wie das Nummernschild oder den Wagentyp erkennen konnte. Also war es das Einfachste, so zu tun, als sei man ein heimliches Liebespaar. Wenn das Licht im Wagen brannte, dann wusste jeder Bescheid. Sah zwar verstohlen kurz hin, aber bestimmt nicht so genau, dass er wusste, wer da zugange war.

»Ja, das könnte eine Erklärung sein«, sagte Thekla jetzt laut zu sich selbst.

»Was?«, fragte Okko, der, ohne dass sie es bemerkt hatte, ins Büro gekommen war.

»Ach, hast du mich erschreckt«, sagte Thekla, als sie herumgefahren war. »Mir sind da eben so ein paar Sachen durch den Kopf gegangen, ich habe mit mir selbst gesprochen.«

»So fängt das meistens an«, ulkte Okko. »Aber erzähl doch mal ...«.

Thekla schenkte beiden Tee ein und sie setzten sich an den Schreibtisch. Sie schilderte ihm kurz, was sie vermutete.

»Hm, klingt nicht schlecht«, sagte Okko. »Aber ich hab mir auch so meine Gedanken gemacht zuhause. Und meiner Meinung nach müssen der Wagen und das Treibgut im Wasser eigentlich gar nichts miteinander zu tun haben.«

»Damit machst du es dir aber leicht«, meinte Thekla.

»Und Frauen machen es sich immer unnötig schwer«, konterte Okko. »Bei euch muss alles immer einen Zusammenhang haben.«

»Meistens ist es ja auch so«, beharrte Thekla.

Die Tür ging auf und Agneta und Siggi kamen gemeinsam herein.

»Moin«, sagten sie wie aus einem Mund.

»Tee?«, fragte Thekla und wartete eine Antwort erst gar nicht ab, sondern holte für die beiden Tassen an den Tisch. »Okko glaubt, wir machen es uns unnötig schwer, Agneta«, sagte sie und setzte sich wieder.

»Ach ja?«, fragte Agneta.

Dann erklärte Thekla noch einmal, worum es im Einzelnen ging.

»Ach so«, sagte Agneta, »also, da bin ich völlig auf deiner Linie, Thekla. Natürlich hat das Pärchen etwas mit dem Treibgut zu tun. Warum sonst sollte man so bekloppt sein, und sich ausgerechnet am Deich für ein Schäferstündchen treffen. Da, wo einen jeder sehen kann. Wie blöd ist das denn? Da fährt man doch irgendwo an den Waldrand oder in den Hammrich. Aber doch nicht an den Deich.«

»Nicht?«, fragte Siggi.

»Auf gar keinen Fall«, beharrte Agneta.

»Und warum hast du das früher nicht erwähnt?«, fragte Thekla erstaunt.

»Ach, was weiß ich. Vielleicht ist es mir jetzt erst richtig klar geworden.« Agneta trank ihren Tee und lehnte sich zurück. »Ist da etwa Zucker drin?«, fragte sie dann erschrocken.

»Ach Gottchen, nur ein kleiner Kandis«, beschwichtigte Thekla, die zugab, vergessen zu haben, dass Agneta nur Süßstoff nahm.

»Was würdest du denn in so einer Situation machen, Siggi?«, fragte Agneta nun.

»Du meinst, wenn ich keinen Kandis möchte?«, fragte dieser, der in Gedanken noch zuhause bei Simone war. Sie hatten sich die halbe Nacht geliebt und er fragte sich, wie sie es immer wieder fertigbrachte, so gemein zu ihm zu sein und dann mit ihm ins Bett zu steigen.

»Quatsch«, sagte Agneta. »Ich meine, nur mal hypothetisch, stell dir vor, du hättest was mit einer anderen Frau als mit deiner eigenen. Wo würdest du dich mit ihr treffen? Etwa am Deich, wo euch jeder sehen kann? Wo du genau weißt, dass dort viele Menschen spazieren gehen? Sag mal ehrlich, sowas macht doch keiner.«

»Na, jetzt hast du ihm die Antwort ja schon praktisch aufgezwungen«, tadelte Thekla.

»Ich?«, begann Siggi, »ich weiß nicht. Über sowas muss ich ja auch gar nicht nachdenken. Ich hab ja Simone.«

Agneta verdrehte die Augen und Okko holte sein Leberwurstbrot heraus.

»Ich würde auf jeden Fall in einen Wald fahren«, sagte Okko, »aber natürlich nur hypothetisch.«

»Das wird wohl immer Theorie bleiben«, sagte Agneta, »mit den Fettfingern wirst du keine Chancen haben.«

»Ach«, sagte Okko und biss genussvoll in sein Brot, »mir reicht auch meine Gertrud voll und ganz. Hm ... so lecker.« Er schmatze und wischte seine Finger an seinem Hemdsärmel ab.

»Ich glaube, wir haben den Faden verloren«, seufzte Thekla. Dann kam Herbert zur Tür herein. Er hatte es sich angewöhnt, immer als Letzter zu erscheinen, dachte Thekla bei sich.

»Vielleicht kann ich euch weiterhelfen«, sagte Herbert, und hängte seinen Mantel in den Schrank. Er hatte die letzten Wortfetzen noch mitbekommen.

Thekla dröselte alles für ihn noch einmal auf.

»Hm«, machte Herbert, als er an seinem Schreibtisch saß. »Im Grunde habt ihr alle mehr oder weniger recht. Denn zum einen machen Menschen in Stresssituation Dinge, die sie, wenn sie Zeit zum Überlegen hätten, nie täten. Und zum anderen machen Verliebte die gleichen Fehler.«

Agneta runzelte die Stirn. »Du willst also sagen, alles möglich, richtig?«

»Ganz genau«, stimmte Herbert zu. »Wir können hier gar nichts ausschließen oder vernachlässigen. Wir müssen jede Spur verfolgen.«

»Wie interessant«, sagte Thekla. »Aber im Moment wissen wir ja gar nicht, wo wir ansetzen sollen. Das ist doch das eigentliche Problem.«

»Nun aber nicht so pessimistisch«, fuhr Herbert fort, der sich in seinen Feierabendstunden zuhause natürlich auch so seine Gedanken gemacht hat. »Ich finde, wir haben schon eine ganze Menge. Wir haben einen Vermissten, wir haben eine Zeugin und wir haben vor allen Dingen Anhaltspunkte dafür, dass es sich um eine Tat aus Eifersucht gehandelt haben könnte.«

»Da hat Herbert recht«, sagte Okko und knüllte sein leeres Brotpapier zusammen und stopfte es in seine Aktentasche.

»Und wie gehen wir jetzt weiter vor?«, fragte Thekla an Herbert gewandt. »Hast du da vielleicht auch schon einen Plan?«

»Sicher«, antwortete dieser und legte seine Hände gefaltet auf den Tisch. »Du selbst hast doch schon ein erstes Stichwort gegeben, als wir bei der Schwägerin von Günter Wehrmann gewesen sind.«

»Hab ich?« Thekla fuhr sich mit der Hand durch ihre ergrauten Locken. »Du meinst die Sache mit der weiblichen Intuition?«

Herbert nickte. »Genau die.«

»Tja, aber im Moment weiß ich nicht, wie die mir helfen soll«, sagte Thekla. Hätte sie sich bloß ihre Haare heute Morgen noch gewaschen. Herbert sah genau in die Richtung.

»Dann sag ich mal, was ich denke«, fuhr Herbert fort. »Diese Schwägerin, also Karin Wehrmann, wir sollten noch einmal mit ihr sprechen.«

»Du denkst doch wohl nicht etwa ...«, jetzt fiel bei Thekla der Groschen und Herbert nickte. »Jesses, du denkst, dass die Karin Wehrmann etwas mit dem Vermissten gehabt hat.«

»Ganz genau«, bestätigte Herbert. »Wir sollten noch einmal mit ihr sprechen.«

»Na gut«, sagte Thekla beschwingt. »Aber trotzdem möchte ich vorher mit Carola Wehrmann sprechen. Ich möchte gerne wissen, wie sie die Beziehung zu ihrer Schwägerin Karin sieht. Und vielleicht bekommen wir dann auch heraus, ob sie sogar einen Verdacht gehegt hat.«

»Na, worauf warten wir noch«, sagte Agneta.

Kurz darauf stiegen fünf hochmotivierte Ermittler vor Carola Wehrmanns Haus dem Wagen.

»Frau Wehrmann, wir müssten noch einmal mit ihnen sprechen.« Thekla hatte auf die Klingel gedrückt und die Führung übernommen. Das stünde ihr zu, hatte Herbert im Wagen gesagt.

»Jetzt?«, fragte Carola Wehrmann, »eigentlich muss ich gleich los.«

»Es geht um Ihren vermissten Mann. Da werden Sie doch wohl ein paar Minuten erübrigen können.«

Carola Wehrmann stutzte. War da etwa ein aggressiver Unterton in der Stimme der Ermittlerin zu erkennen?

»Aber machen Sie es bitte kurz«, lenkte sie ein. »Mein Chef sieht es nicht gerne, wenn ich zu spät komme.«

Sie führte die Ermittler in die Küche, wo nicht einmal für alle ein Stuhl zur Verfügung stand.

»Worum geht es denn?«, fragte Carola Wehrmann ungeduldig, die an der Küchenspüle stehen geblieben war.

»Wir wüssten gerne mehr über Ihr Verhältnis zu Ihrer Schwägerin«, sagte Thekla.

»Karin?«, fragte Carola.

»Haben Sie noch andere?«

»Nein. Aber wieso fragen Sie mich etwas über Karin?«

»Wann haben Sie sie denn das letzte Mal gesehen?«

Carola ließ Thekla nicht aus den Augen. »Ich weiß es nicht ... es muss bei einem der letzten Familienfeiern gewesen sein.«

»Sie halten also keinen sehr engen Kontakt zu ihr?«

»Muss man das denn, nur weil man verwandt ist?«, fragte Carola zurück.

»Vorschrift ist das nicht, da haben Sie recht. Darf ich aus Ihrer abwehrenden Haltung also schließen, dass Sie ihre Schwägerin eher weniger gemocht haben?«

»Worauf wollen Sie eigentlich hinaus?«, fragte Carola. »Stellen Sie doch einfach die Frage, die Sie in Wahrheit stellen wollen. Sie möchten wissen, ob Günter etwas mit Karin gehabt hat.«

»Und? Hat er?«

Carola Wehrmann sah jetzt an Thekla vorbei ins Nichts. »Ehrlich gesagt, ich weiß es nicht.«

»Aber Sie hatten da eine Vermutung, nehme ich an ...«.

»Man hat als Frau immer ein waches Auge«, fuhr Carola Wehrmann fort. »Und Günter war schließlich im Außendienst und kam mit vielen Frauen zusammen.«

»Gelegenheit macht Diebe«, sagte Okko, »das sagt Gertrud jedenfalls immer.«

Carola Wehrmann sah ihn fragend an und er spielte an seinen Fingern herum, weil ihm die Bemerkung im

Nachhinein leidtat. Er wollte Gertrud nicht in seine Arbeit mit hineinziehen.

»Es stimmt«, gab Carola Wehrmann zu, »ich war eifersüchtig. Aber das ist doch auch kein Wunder, Günter ist ein sehr attraktiver Mann. Es gibt viele Frauen, die mich um ihn beneiden.«

»Auch Ihre Schwägerin?«, knüpfte Thekla wieder an das Thema an.

Carola Wehrmann lachte bitter auf. »Karin? Die konnte ihre Hände doch gar nicht von Günter lassen, wenn wir uns mal getroffen haben. Andauernd musste sie ihn irgendwo anfassen oder necken. Ich habe das irgendwann nicht mehr ausgehalten, obwohl Günter mir immer versichert hat, dass er ganz bestimmt nicht an Karin interessiert ist.«

»Aber es hat Ihnen was ausgemacht ...«.

»Sicher. Auch wenn ich Günter geglaubt habe, so waren alle Zusammentreffen mit Karin für mich ein Spießroutenlauf, denn sie hat genau gesehen, wie sehr sie mich damit ärgern kann.«

»Also haben Sie ihre Besuche irgendwann auf das Notwendigste bei Familienfeiern beschränkt«, schlussfolgerte Thekla.

Carola Wehrmann nickte.

»Gut, ich denke, dann sind wir hier für heute fertig«, sagte Thekla und die Fünf gingen gemeinsam zur Tür.

»Wenn ihr mich fragt, dann kann sie es auch gewesen sein«, sagte Agneta, als sie alle wieder im Wagen saßen.

»Du könntest recht haben«, erwiderte Thekla, »und jetzt fahren wir noch einmal nach Aurich. «

Verkehrte Welt

Karin Wehrmann wunderte sich nur kurz, als die versammelte Mannschaft wieder vor ihr stand. Sie bat sie herein und bedauerte, dass ihr Mann jetzt wieder nicht zu Hause sei.

»Aber letztlich habe ich Ihnen ja auch gesagt, dass sie besser vorher anrufen, wenn Sie ihn sprechen wollen.«

»Schon gut«, erwiderte Thekla, »eigentlich wollten wir auch zu Ihnen.«

»Aber ich habe Ihnen doch beim letzten Mal schon alles gesagt.«

Karin Wehrmann befüllte die Kaffeemaschine und drehte den Fünfen den Rücken zu. Thekla zwinkerte Herbert zu. Dieser missverstand es und drehte sich weg. Dabei hatte sie ihm doch nur sagen wollen, dass sie die Befragung durchführen wollte.

»Frau Wehrmann«, sagte Thekla, als diese sich ihnen wieder zuwandte, »wir haben eben mit Ihrer Schwägerin gesprochen ...«.

»Carola?«

Thekla nickte. »Und sie hat uns gesagt, dass Sie, Frau Wehrmann, ein außerordentliches Interesse an ihrem Mann gezeigt haben.«

Karin Wehrmann zog die Stirn in Falten und verschränkte die Arme vor ihrer Brust. Noch immer standen alle im Raum. Es fühlte sich merkwürdig an, weil die Ermittler auf Karin Wehrmann starrten, während diese dichtmachte.

»Was sagen Sie zu diesem Vorwurf?«, bohrte Agneta nach.

»Wollen wir uns nicht lieber setzen?«, stellte Karin Wehrmann eine Gegenfrage. »Irgendwie fühle ich mich hier wie die Maus, um die herum fünf Katzen schleichen.«

Sie nahmen Platz, wobei Okko, Siggi und Herbert sich auf die Eckbank quetschten und die Frauen auf den freien Stühlen Platz nahmen.

»So, jetzt geht es sicher besser«, nahm Thekla den Faden wieder auf. »Wie war das nun mit Ihnen und Günter Wehrmann?«

»Da war gar nichts«, sagte Karin. »Wenn Carola da was erzählt hat, dann lügt sie ganz einfach.«

»Und warum sollte sie das tun?«

»Was weiß ich. Sie war eben eifersüchtig. Allerdings auf jede Frau. Günter hat das Klaus gegenüber mal erwähnt, dass er darunter ziemlich zu leiden hat.«

»Wie drückte sich dieses Leiden aus?«

»Nun ja, Sie wissen ja, dass Günter im Außendienst arbeitet. Klar trifft er da viele Menschen und natürlich auch Frauen. Carola konnte damit nur schwer umgehen, schließlich hat sie Günter ja auch einer anderen Frau ausgespannt.«

Das hatte Carola natürlich nicht erzählt, als sie vorhin bei ihr waren, dachte Thekla.

»Das heißt, sie wusste, dass ihr Mann empfänglich war, selbst wenn er in einer festen Partnerschaft war. Das erklärt natürlich, warum sie so eifersüchtig ist«, meinte Agneta.

»Sicher. Aber die hat es gerade nötig«, lachte Karin bitter auf. »Hat selber Dreck am Stecken und will mir jetzt etwas anhängen. Klar, ich mag den Günter. Er sieht gut aus, ist zuvorkommend und bringt mir oft Blumen mit, wenn er hier mal in der Gegend zu tun hat. Aber das heißt noch lange nicht, dass ich was mit ihm hatte oder was von ihm wollte. Ich liebe meinen Klaus.«

Es wurde dringend Zeit, dass sie diesen Klaus auch mal verhörten, dachte Thekla und sagte: »Bitte rufen Sie uns an, wenn Ihr Mann nach Hause kommt. Es ist wichtig, dass wir auch mit ihm sprechen.«

»Natürlich, aber da müssen Sie bis zum Wochenende warten, er ist diese Woche auswärts unterwegs.«

»Gelegenheit macht Diebe«, sagte Okko, als sie alle wieder im Wagen saßen. »Ich bleib dabei.«

»Ich weiß schon, was du meinst«, sagte Thekla. »Wenn der Mann ständig unterwegs war, dann hätte diese Karin Wehrmann durchaus etwas mit ihrem Schwager anfangen können. Aber aus irgendeinem Grunde glaube ich ihr die Sache, dass da nichts war. Vielmehr fällt die Carola Wehrmann mittlerweile ziemlich aus der Rolle. Es könnte doch sein, dass Günter mit einer anderen Frau etwas am Laufen hatte und sie hat die beiden beobachtet.«

»Und dann bringt die ihren Mann um?«, fragte Okko.

»Warum denn nicht?«

»Ich weiß nicht. Wie soll sie das denn angestellt haben? Carola Wehrmann ist klein und zierlich. Und der Günter ist mindestens einen oder anderthalb Köpfe großer und kräftig. Niemals hat die den Kerl alleine über den Deich geschleppt und ins Meer geworfen.«

»Das denke ich auch«, stimmte Thekla zu. »Das hätte sie niemals geschafft. Jedenfalls nicht alleine.«

»Was soll das schon wieder heißen?«, mischte sich Herbert ein. »Denkst du, sie hat einen Helfer gehabt? Vielleicht sogar selber einen Lover, der ihr geholfen hat, ihren scheinbar untreuen Mann aus dem Weg zu räumen?«

»Versichert war der Günter Wehrmann sicher gut«, meinte Siggi, weil er auch mal etwas sagen wollte.

»Guter Witz«, kicherte Okko.

»He, bleibt mal ernst«, mahnte Thekla. »Wie soll man sonst seine Gedanken sammeln?«

»Sie beobachtet uns«, sagte Agneta, als die Gardine des Fensters zur Straße beiseitegeschoben wurde.

»Das ist doch auch kein Wunder, wir stehen ja immer noch bei ihr vor dem Haus«, meinte Okko.

»Und die Scheiben beschlagen schon«, fügte Herbert hinzu, warf den Wagen an und stellte das Gebläse auf fünf. Erst, als die Sicht frei war, fuhren sie los in Richtung Norddeich.

Nach gut zehn Minuten Fahrt, in der Stille geherrscht hatte, meldete Thekla sich wieder zu Wort.

»Ich finde, wir sollten umkehren«, sagte sie und tippte Herbert von hinten auf die Schulter.

»Warum?«, fragte Herbert zurück.

»Ich weiß nicht. Nur so ein Bauchgefühl. Ich finde, wir sollten das Haus beobachten. Gucken, was Karin Wehrmann jetzt macht. Fährt sie zum Beispiel irgendwohin? Kommt jemand zu ihr? Ebensolche Dinge, die ein richtiger Ermittler auch wissen wollte.«

»Wir sind richtige Ermittler«, protestierte Okko, der auf dem Beifahrersitz saß. »Aber trotzdem habe ich jetzt Hunger, auch wenn ich dir im Prinzip Recht gebe.«

»Kannst du wohl einmal an etwas anderes als an deine verdammt fettigen Leberwurstbrote denken«, fauchte
133

Agneta, die hinter Okko saß. »Mir ist schon immer ganz schlecht, wenn ich sehe, wie du die auspackst. Es muss doch auch wohl mal eine oder zwei Stunden ohne gehen.«

»Nur schwer«, sagte Okko beleidigt und sah stur geradeaus.

»Leute, Leute«, sagte Thekla. »Mit euren Streitereien kommen wir auch nicht weiter. Aber ich bleibe dabei, wir sollten umkehren. Was sagst du denn, Siggi?«

Siggi, der hinten zwischen den beiden Frauen saß, saß von einer zur anderen. »Wenn ihr meint, dass das nötig ist, dann ...«.

»Siehst du«, triumphierte Thekla. »Siggi sieht das auch so.«

»Ach du lieber Gott«, sagte Herbert, »jetzt gebt endlich Ruhe. Ich finde, Thekla hat Recht. Wir werden jetzt umdrehen und uns vor ihrem Haus postieren. Jedenfalls für zwei Stunden, würde ich sagen.«

»Und wenn mal einer zum Klo muss, was dann?«, fragte Agneta, die schon jetzt ein leichtes Zwicken verspürte, weil sie immer eine Menge Säfte und Wasser trank, was ihr ihr Arzt empfohlen hatte wegen der Nieren.

»Dann fällt uns schon was ein«, meinte Herbert, setzte den Blinker und fuhr in die nächste Haltebucht für Busse, um zu wenden.

Sie fuhren die letzten Kilometer zurück und Herbert stellte den Wagen kurz vor der Querstraße zu Karin Wehrmanns Haus ab. Von hier aus konnten sie es beobachten, ohne selber gesehen zu werden.

Agneta drückte auf einen Knopf und das Seitenfenster fuhr nach unten. »Sonst ersticke ich.«

»Aber wenn mir das zu kalt wird im Nacken, dann muss das wieder zu«, sagte Okko und schlug seinen Hemdkragen hoch.

So saßen sie in dem BMW und starrten im Grunde alle in eine Richtung. Doch bei dem Haus der Wehrmanns, da tat sich nichts.

»Das habe ich mir schon gedacht«, ergriff Okko als Erster wieder das Wort. »Völlig umsonst, die ganze Aktion.«

»Okko, du ahnst ja gar nicht, wie viele Stunden ich als Ermittler in solchen Situationen schon verbracht habe«, meinte Herbert. »Und irgendwann, da wirst du doch auch schon mal einen Observationsjob gemacht haben in deiner Laufbahn, oder etwas nicht?«

Okko zuckte mit den Schultern. »Klar. Aber ich dachte, wir fahren zurück und ich kann ...«.

»Mein Leberwurstbrot futtern«, vollendete Thekla für ihn, »danke, wir wissen Bescheid. Aber so einfach ist es im Leben nun mal nicht immer. Es gibt noch mehr, als sich unnötige Kilos anzufuttern. Und ehrlich gesagt sind wir alle, und damit meine ich wirklich alle, in einer verdammt komfortablen Position gelandet. Wir können praktisch den ganzen Tag machen, was wir wollen. Und jetzt haben wir sogar einen echten Fall, an dem wir arbeiten. Ist das denn wirklich nichts gegen ein blödes Leberwurstbrot, Okko?«

Sie wusste selber nicht, warum sie sich zu dieser Argumentationskette verstiegen hatte. Vielleicht lag es daran, dass sie hier einfach die Zeit totschlugen. Und letztlich wollte sie auch endlich einmal zum Ausdruck bringen, was sie schon seit längerem bewegte. Sie fühlte sich wohl in der Gruppe.

»Thekla hat Recht«, bekräftigte Herbert. »Es geht uns gut. Und wenn wir diesen Fall lösen, dann steigen wir auch im Ansehen bei den anderen Kollegen auf der Dienststelle. Und vielleicht schließt man uns dann sogar den PC an, wer weiß.«

»Das wäre ja zu schön, um wahr zu sein«, maulte Agneta. »Dann könnte ich mir endlich mal ein paar neue Rezepte herunterladen.«

»Wartet mal«, sagte Herbert plötzlich und hob die rechte Hand zur Untermauerung. »Ich glaub, da fährt ein Wagen vor bei den Wehrmanns.«

Es wurde mucksmäuschenstill im Wagen.

»Tatsächlich«, flüsterte Thekla. »Es steigt ein Mann aus.«

»Jesses«, sagte Agneta dann lauter. »Das ist doch der Wehrmann.«

»Welcher?«, fragte Siggi.

»Na, der Klaus Wehrmann, der Bruder von dem Vermissten.«

»Meinst du wirklich ...«.

»Klar, ich hab doch sein Bild auf dem Stubenschrank stehen sehen.«

»Aber wir waren doch gar nicht im Wohnzimmer.«

»Ne, aber die Tür stand offen. Ich verwette meine restlichen Vitaminpillen, dass das der Klaus Wehrmann ist.«

»Also hat sie gelogen«, fasste Thekla zusammen, die stolz darauf war, dass sie mit ihrer Aktion recht behalten hatte. Sie standen hier nicht umsonst herum. »Gehen wir rein, was meint ihr?«

»Wir sollten ihnen noch ein paar Minuten geben«, schlug Herbert vor. »Sie sollen sich erst einmal in Sicherheit wiegen. Und vielleicht fahren ja gleich auch beide zusammen weg und dann vielleicht sogar zum Tatort.«

»Jesses«, sagte Agneta erneut. »Dass ich das noch erleben darf.«

Atemlos starrten alle auf den Wagen vor dem Haus der Wehrmanns. Drinnen ging Licht an im Flur, doch es kam niemand wieder heraus.

»Wir gehen jetzt rein«, sagte Herbert nach guten zehn Minuten.

»Genau«, meinte Thekla, »jetzt sind die fällig.«

Herbert stieg aus und auch Thekla öffnete die hintere Tür. Als auch Okko ausgestiegen war, stoppte Herbert ihn. »Warte, es ist besser, wenn ihr im Wagen bleibt. Wenn die versuchen, abzuhauen, dann müssen wir hinterher. Setz dich doch bitte hinters Steuer.«

»Aber wieso ich?«, protestierte Okko. »Ich bin noch nie BMW gefahren. Es ist doch dein Wagen. Dann bleib du doch hier.«

Herbert aber dachte gar nicht daran, den Triumph alleine Thekla zu überlassen. Das hätte zu sehr an seinem Ego gekratzt, wo sie doch mit ihrer weiblichen Intuition die meisten Punkte bisher gemacht hatte.

»Du schaffst das schon, Okko«, sagte er. »Brauchst einfach nur den Schlüssel umdrehen. Funktioniert wie bei jedem anderen Wagen auch.«

Damit war die Diskussion beendet, Herbert und Thekla gingen zum Haus und Okko klemmte sich, nachdem er den Sitz weiter nach hinten geschoben hatte, hinters Lenkrad.

Agneta und Siggi saßen alleine hinten und tauschten Blicke, die irgendwie nichts mit dem Fall zu tun hatten.

Thekla drückte auf die Türklingel. Und als Karin Wehrmann erschrocken feststellte, wer da vor ihrer Tür stand und sie ertappt hatte, sagte sie:

»Kommen Sie herein. Aber es ist nicht so, wie Sie vielleicht denken.«

Thekla und Herbert sahen sich an und folgten Karin Wehrmann ins Wohnzimmer. Dort saß Klaus Wehrmann auf dem Sofa.

»Sie haben uns also angelogen, als Sie uns vor nicht einmal einer Stunde erzählten, dass Ihr Mann auf Montage ist«, stellte Thekla trocken fest.

»Kann mir mal jemand sagen, was hier eigentlich los ist?«, fragte Klaus Wehrmann und sah von einem zum anderen.

»Es geht um Ihren Bruder«, sagte Herbert, »wir ermitteln in der Sache seines Verschwindens.«

»Aha, das wurde ja auch mal Zeit. Ich habe nicht verstanden, warum sich niemand darum gekümmert hat, bisher.«

Und das brachte Thekla ins Grübeln. Natürlich mussten sie und Herbert sich jetzt hier zurechtweisen lassen. Aber die Frage, die Klaus Wehrmann gestellt hatte, fand durchaus ihre Zustimmung. Warum hatte sich niemand darum gekümmert, dass ein angesehener Versicherungsvertreter einfach spurlos verschwunden war? Konnte es sein, dass sie hier mit ihrer Eifersuchtstheorie vollkommen auf dem Holzweg waren? Legte es vielleicht sogar jemand darauf an, dass sie hier im Nebel stocherten, um die Spuren des eigentlichen Verschwindens ganz verwischen zu können?

»Sie wollen also sagen«, fand sie ihre Worte wieder, »dass außer uns noch niemand mit Ihnen über das Verschwinden Ihres Bruders gesprochen hat von der Kripo Norddeich?«, fragte sie.

»Nein, bisher nicht«, ging Karin Wehrmann jetzt dazwischen. »Und dann zaubern Sie hier urplötzlich eine Affäre zwischen mir und meinem Schwager aus dem Hut. Das geht nun wirklich zu weit.«

»Aber es bleibt Tatsache, dass Sie uns bezüglich Ihres Ehemannes angelogen haben«, beharrte Herbert.

»Was meint er damit?«, fragte Klaus seine Frau.

Diese druckste herum. »Sorry Klaus, ich habe dir bisher nichts davon gesagt. Diese Leute hier und noch ein paar mehr, die waren heute nicht zum ersten Mal hier, um mit mir über Günter zu sprechen.«

»Mit diesen Leuten meint Ihre Frau mich und meine Kollegen«, erklärte Thekla und rümpfte die Nase. »Die anderen Drei sind übrigens im Wagen, falls jemand von Ihnen versuchen sollte, abzuhauen.«

»Abhauen? Ich versteh hier nur noch Bahnhof.« Klaus Wehrmann stand jetzt auf und sah von einem zum anderen. »Warum sollten wir abhauen? Und wieso glauben Sie, dass meine Frau etwas mit meinem Bruder hatte? Wie kommen Sie eigentlich auf diesen bodenlosen Schwachsinn?«

»Vielleicht ist es am Besten, wenn wir uns alle setzen«, schlug Karin Wehrmann vor. Sie nahmen alle Platz.

»Wie gesagt«, begann Thekla von neuem, »wir gehen den Spuren zum Verschwinden Ihres Bruders nach. Und Ihre Schwägerin, Carola Wehrmann, nun, sie hat uns erzählt, dass Ihre Frau«, sie deutete auf Karin, »dass Ihre Frau ein überaus lebhaftes Interesse an ihrem Schwager gezeigt hat, somit an Günter, Ihrem Bruder, lieber Herr Wehrmann.«

Der Angesprochene musste diesen Satz verdauen, dann lachte er laut auf. »Das ist ja wirklich das Lächerlichste, was ich je gehört habe. Meine Frau soll etwas mit meinem Bruder gehabt haben? Sie sind ja vollkommen irre. Wir sind glücklich, meine Frau und ich.« Er griff nach Karins Hand und drückte sie. »Stimmt's, Liebes?«

Karin Wehrmann lächelte gekünstelt. »Aber sicher doch, Klaus. Ich weiß auch nicht, wie die darauf kommen.

141

Deshalb habe ich dir bisher auch nichts von den Besuchen erzählt. Ich wollte nicht, dass du dir unnötig Sorgen machst. Es ist doch schon schlimm genug, dass dein Bruder verschwunden ist.«

»Sehen Sie«, sagte Klaus Wehrmann, als ob das, was seine Frau gesagt hatte, alles erklären würde, und die Fragen der Polizei absurd erscheinen lassen könnte.

»Moment«, sagte Thekla, »so einfach ist es nun auch nicht. Immerhin hat uns Ihre Frau hier belogen. Und da müssen wir uns schon fragen, Frau Wehrmann, warum Sie das gemacht haben. Und nun kommen Sie mir nicht wieder mit der Ausrede, dass Sie ihren Mann schonen wollten. Das kaufe ich Ihnen nicht ab.«

»Wie reden Sie eigentlich mit meiner Frau«, plusterte Klaus Wehrmann sich auf. Doch Karin hielt ihm beschwichtigend eine Hand auf den Arm.

»Lass nur, sie machen ja auch nur ihren Job«, sagte sie. Dann fuhr sie fort. »Ich hatte Ihnen ja schon gesagt, dass Günter und ich ein Gutes, und ich betone, freundschaftliches Verhältnis hatten«, sagte sie und holte tief Luft, während sie es nicht schaffte, ihrem Mann in die Augen zu sehen. »Er kam hier manchmal vorbei, wenn du zur Arbeit warst, Klaus. Aber das hatte wirklich nichts zu bedeuten. Ich meine, es war rein freundschaftlicher Natur, das musst du mir glauben.« Jetzt sah sie ihn flehend an.

»Aber sicher glaube ich dir das«, sagte Klaus Wehrmann, doch seine Stimme hatte einen leicht irritierten Klang. »Wie oft war Günter denn so hier, wenn ich nicht da war?«

»Ach, das weiß nicht ... ein paar Mal eben. Ich habe Kaffee gemacht und wir haben kurz gequatscht. Du weißt ja, dass wir uns nicht so oft gesehen haben, weil Carola so merkwürdig war.«

»Na, da hätte er aber auch vorbekommen können, als ich zuhause war«, murmelte Klaus, dem die Sache, von der er offensichtlich nichts gewusst hatte, nicht zu behagen schien.

»Natürlich, aber du weißt doch, dass er als Vertreter viel über Land unterwegs war ohne feste Zeiten, wann er hier in der Gegend sein würde. Es hat sich eben so ergeben, dass du nicht zuhause warst, aber das war Zufall.«

»Hm ...«, machte Klaus Wehrmann, der sich plötzlich in die Enge getrieben sah. Sollte er hier den eifersüchtigen Ehemann spielen und damit seine Frau bloßstellen? Oder machte er sich am Ende selber lächerlich, wenn er nicht ausrastete? Oder umgekehrt? Ihm schwirrte der Kopf.

»Dann wissen Sie sicher auch nichts von den Blumen, die Ihre Frau bei diesen Gelegenheiten immer von Ihrem Bruder erhalten hat, nehme ich an«, sagte Thekla mit gewisser Genugtuung.

»Blumen?«, fragte Klaus, »Was für Blumen, verdammte Scheiße?« Seine Adern am Hals liefen dunkelblau an.

»Klaus, bitte«, flehte Karin. »Es sind doch nur Blumen gewesen, man muss daraus jetzt doch keine große Sache machen.«

»Aber ich weiß nichts von irgendwelchen verdammten Blumen!«, schrie Klaus Wehrmann jetzt aus, sprang aus dem Sessel und trat gegen den Wohnzimmertisch. »Was werde ich mir gleich noch alles anhören müssen? Kannst du mir das sagen? Was hast du noch alles hinter meinem Rücken getrieben?«

Herbert stand schnell neben ihm. »Beruhigen Sie sich, Herr Wehrmann. Setzen Sie sich wieder.«

»Einen Scheiß werde ich. Sie verlassen auf der Stelle das Haus. Ich habe etwas mit meiner Frau zu besprechen, das absolut privat ist!«, brüllte Wehrmann.

»Oh, das sehen wir nicht so, nicht wahr, Herr Krull?« Thekla warf Herbert einen vielsagenden Blick zu. Für sie entwickelte sich die Sache genau in die Richtung, die sie sich vorgestellt hatte. Da war so einiges unter den Teppich gekehrt, dass sie jetzt wieder hervorholen würde.

Herbert, der erst im zweiten Anlauf merkte, dass er mit Herr Krull gemeint gewesen war, nickte. »Meine Kollegin hat recht, in dieser Sache ist nichts mehr privat. Wir

144

müssen Ihren Bruder finden. Daran sollte doch hier jedem gelegen sein.«

Klaus Wehrmann lenkte ein und setzte sich wieder. Ebenso Herbert. Dann sahen sie sich abwechselnd an. Keiner wusste so recht, wie es jetzt weitergehen sollte nach Klaus Wehrmanns Ausbruch.

»Wir waren bei den Blumen stehengeblieben«, sagte Thekla schließlich, »die Sie, Frau Wehrmann, hin und wieder von Ihrem Schwager erhalten haben. Was haben Sie damit gemacht? Schließlich durfte Ihr Ehemann ja nichts davon erfahren.«

Klaus Wehrmann starrte seine Frau an. Mit seinen Fingern fuhr er nervös an seinen Hosenbeinen auf und ab. Dann seufzte Karin Wehrmann plötzlich auf und begann zu weinen.

»Ich hab das doch alles nicht gewollt«, jammert sie. Und keiner verstand, was sie jetzt meinte. Die Blumen, die Lügen, das Verschwinden oder ihr doch vorhandenes Interesse an ihrem Schwager?

»Was, Frau Wehrmann? Was haben Sie nicht gewollt?«, fragte Thekla ganz behutsam. »Bitte, erleichtern Sie ihr Herz und sagen es uns.«

»Ich wollte doch nicht, dass er hierherkommt«, schluchzte Karin und zog ein Taschentusch aus ihrer Hosentasche und schnäuzte sich. »Ich habe es ihm immer wieder gesagt, wenn er vor der Tür stand, dass ich das eigentlich nicht will. Ich meine, wie sieht das denn aus, wenn ständig mein Schwager hier herumhängt und mir Blumen bringt, wenn mein Mann nicht da ist?«

»Ständig?«, wiederholte Klaus Wehrmann tonlos.

Karin nickte. »Ja, er war oft hier. Viel öfter, als ich es bisher gesagt habe. Aber bitte, Klaus, du musst mir glauben, ich wollte das nicht.«

»Du hättest es mir sagen müssen«, zischte Klaus Wehrmann zwischen den Zähnen hervor. »Ich hätte dann schon mit Günter gesprochen.«

»Das ist es ja, was mir Sorgen gemacht hat«, entgegnete Karin, »ich hatte Angst, dass ihr Brüder euch so streitet, dass ihr am Ende gar nicht mehr miteinander sprecht. Und das wegen einer Lappalie.«

»Wollen Sie damit also sagen«, mischte sich Thekla wieder ein, »dass Ihr Schwager Sie bedrängt hat, Frau Wehrmann?«

»Bedrängt?«, wiederholte Karin. »Nein, so würde ich das nicht nennen. Er kam eben öfter vorbei. Aber es ist nie etwas vorgefallen, wirklich nicht.«

»Sie meinen, Sie haben kein Verhältnis mit ihm angefangen, obwohl er Ihnen Avancen gemacht hat?«

»Nein!«, rief Karin empört aus, »natürlich hatte ich kein Verhältnis mit Günter. Was reden Sie denn da?«

146

»Aber er hätte gerne eines mit Ihnen gehabt, habe ich recht?«

Karin Wehrmann zuckte mit den Schultern. »Das weiß ich nicht. Das müssen Sie ihn fragen.«

»Das würden wir ja gerne«, bekräftigte Thekla. »Aber dazu müssen wir ihn erst einmal finden. Und jetzt wüsste ich gerne ganz genau, wann Sie Ihren Schwager das letzte Mal gesehen haben. Und kommen Sie mir nicht mit irgendwelchen Ausflüchten, dass es nur auf irgendwelchen Familienfesten war. Das Thema hatten wir schon.«

»Wieso nur Familienfeste?«, fragte Klaus Wehrmann erstaunt. »Wir hatten regelmäßigen Kontakt zu Carola und Günter. Wir haben uns oft an den Wochenenden getroffen und sind zusammen essen gegangen oder so.«

»Aha«, sagte Thekla und dachte, das wird ja immer interessanter. »Also haben Sie auch in dem Punkt gelogen, Frau Wehrmann. Und warum das Ganze? Da kann es doch nur eine einzige Erklärung geben. Sie hatten etwas mit Ihrem Schwager, auch wenn Sie uns hier weismachen wollen, dass er sie bedrängt hat gegen Ihren Willen. Wissen Sie, was ich denke, sie beide, sie hatten eine Beziehung, die weit über eine kurze Affäre hinausging. Deshalb lügen Sie uns und auch Ihren Ehemann nach Strich und Faden an.«

Jetzt brach Karin Wehrmann, nachdem Klaus sie mit Blicken durchbohrte, die nichts Gutes verhießen, endgültig zusammen.

»Ja«, schluchzte sie schließlich, »Günter und ich ...«.

»Günter und du?!«, schrie Klaus Wehrmann und sprang erneut aus dem Sessel. »Das ist ja wohl das Allerletzte.«

»Herr Wehrmann, bitte«, sagte Herbert. »Es hat doch jetzt keinen Sinn mehr, sich aufzuregen.«

»Sie haben gut reden«, fauchte Klaus Wehrmann. »Ihre Frau hat Sie ja auch nicht hintergangen und ist mit Ihrem eigenen Bruder ins Bett gestiegen.«

Na ja, dachte Herbert, sagte aber nichts dazu.

»Klaus«, bettelte Karin, »es tut mir so leid. Wenn ich alles wieder rückgängig machen könnte, dann ...«.

»Dann was?!«, blaffte er.

Sie schüttelte sich wieder von einem neuen Weinkrampf erfasst.

»Herr Wehrmann«, sagte Thekla mit ruhiger Stimme, »bitte, setzen Sie sich wieder. Sie können jetzt sowieso nichts mehr an der ganzen Sache ändern. Lassen Sie uns zum Ende kommen, damit wir endlich Ihren Bruder finden.«

»Sie haben recht«, sagte Klaus Wehrmann und nahm wieder Platz. »Was ist eine dahergelaufene Schlampe gegen einen Bruder.«

Thekla verdrehte die Augen. Leicht hatte es Karin mit diesem Holzfäller auch wohl nicht gehabt bisher. Kein Wunder, dass sie auf Günter, der das komplette Gegenteil von Mann zu sein schien, hereingefallen war.

Karin Wehrmann beruhigte sich und erzählte dann, was wirklich vorgefallen war.

»Am Anfang, da habe ich noch versucht, mich dagegen zu wehren«, begann sie. Doch Günter, ihr Schwager, er sei immer wieder willkürlich auch tagsüber bei ihr aufgetaucht. Hätte ihr Blumen und Pralinen gebracht.

»Er sagte, die hätte er von Kunden, das bedeute nichts«, sagte sie und lächelte schief. »Das habe ich ihm natürlich nicht geglaubt. Sowas kann man in den Augen sehen ... wenn ein Mann was von einem will.«

Thekla beobachtete, wie Klaus Wehrmann die Hände zu Fäusten ballte und in den Sessel presste.

»Und irgendwann, da haben Sie auch etwas von ihm gewollt, nehme ich an«, sagte sie.

Karin nickte. »Wir haben uns doch ständig getroffen. Ich meine, auch zum Essen mit allen Vieren an den Wochenenden. Wie soll man denn da einen Mann aus dem Kopf kriegen? Einmal, da ist er mir, als wir zusammen

149

beim Griechen waren, sogar auf die Damentoilette gefolgt ... und wir ...«.

Sie stoppte, weil sie die Blicke ihres Mannes spürte.

»Ich verstehe«, sagte Thekla. »Wann genau hat Ihr Verhältnis mit Günter Wehrmann angefangen?«

Karin schluckte. »Vielleicht vor anderthalb Jahren oder so ...«, flüsterte sie.

»Verdammte Scheiße!« Klaus Wehrmann schlug mit der Faust auf den Tisch. »Muss ich mir das jetzt hier noch länger anhören?«

»Ich fürchte ja«, sagte Thekla kühl, »das gehört zum Erwachsen sein wohl dazu, dass man auch mal unangenehme Wahrheiten ertragen muss.«

Wehrmann atmete tief durch und riss sich zusammen.

»Und jetzt, Frau Wehrmann, da müssen Sie uns auch den Rest der Geschichte beichten. Wo ist Ihr Schwager? Was ist mit Günter Wehrmann passiert? Wo ist er?«

Alle starrten Karin Wehrmann an, die leichenblass geworden war.

»Bitte, Sie wissen doch, wo er ist, habe ich recht?«, fügte Thekla hinzu.

Karin Wehrmann nickte. »Ja, er ist nach Bremen gefahren«, schluchzte sie.

»Nach Bremen?«, wiederholte Thekla. »Wieso nach Bremen?«

»Er hat dort eine Wohnung angemietet ...«.

»Sie wollen damit sagen, dass er abgehauen ist? Ohne Sie?«

»Na ja, ich sollte ja mitkommen.« Karin sah unsicher zu ihrem Mann herüber.

»Aber Sie sind noch hier«, stellte Thekla fest, »warum?«

»Ich konnte das nicht«, jammerte Karin, »ich konnte Klaus doch nicht einfach hier alleine lassen.«

Klaus Wehrmann sah betreten zu Boden.

»Das heißt also, dass Herr Wehrmann, also Günter Wehrmann, dass er immer noch in der Wohnung in Bremen auf Sie wartet? Seit Wochen? Und das, obwohl er wohl mittlerweile kapiert haben sollte, dass Sie nicht kommen werden? Wem wollen Sie das denn erzählen? Da steckt doch noch mehr dahinter.« Thekla beugte sich weit nach vorne und sah Karin jetzt stur ins Gesicht. »Was war das für ein Plan, den Sie da ausgeheckt haben?«

Dann holte Karin Wehrmann tief Luft und erzählte von dem Abend, an dem sie Günter Wehrmann das letzte Mal in Norddeich getroffen hatte.

Sie hatte sich mit ihm für den Abend verabredet. Günter wollte mit gepackten Koffern schon mal vorfahren nach Bremen. Um alles noch einmal zu besprechen, und auch, um die Spuren zu verwischen, seien sie an den Deich gefahren. Es regnete und ein Gewitter weiter entfernt schickte helles Licht über das Meer.

»Günter, er hatte einen gepackten Koffer dabei«, erzählte Karin, »er wollte, dass es so aussieht, als sei er einfach abgehauen. Und Carola, die hätte das doch sofort geglaubt, weil die ja immer nur das Schlechte in ihm gesehen hat. Die falsche Schlange.«

»Das verstehe ich nicht, was wollte er mit dem Koffer auf dem Deich?«, fragte Thekla.

»Nun, er wollte ihn ins Meer werfen.«

»Warum?«

»Damit es am Ende auch so aussehen konnte, als sei er einem Verbrechen zum Opfer gefallen. Er wollte wirklich für immer von der Bildfläche verschwinden, weil ... nun ja, er hatte da so Sachen gemacht mit der Versicherung.«

»Was für Sachen?«

»Er hat Kundengelder unterschlagen, damit er genügend Startkapital für ein neues Leben hatte. Am Anfang, da wollte er ja noch alleine weg. Doch irgendwann, da ist dann die Sache mit uns angefangen. Ich glaube, er wollte das gar nicht, aber es ist einfach so passiert.«

»Verstehe. Er wollte den Anschein erwecken, als sei er ausgeraubt, ermordet oder sonst wie einem Verbrechen zum Opfer gefallen«, sagte Thekla. »Aber als Sie ins Spiel kamen, da änderte das alles.«

Karin nickte. »Na ja, einiges. Er wollte vorfahren in die Bremer Wohnung und ich sollte, wenn genug Gras über die Sache gewachsen war, nachkommen.«

»Sie haben also gemeinsam an dem Abend, als das Wetterleuchten war, den Koffer ins Meer geworfen.«

»Wetterleuchten?«

»Ach, vergessen Sie's, das ist jetzt nicht so wichtig. Sie haben also den Koffer ins Meer geworfen, richtig?«

»Ja. Das war gar nicht so einfach. Er war so schwer und ist uns auch noch, als wir die Böschung runter sind, aufgegangen.«

Aha, und da ist der Schuh herausgefallen, dachte Thekla bei sich. Es fügte sich plötzlich alles zusammen. Wahrscheinlich hatte Gretchen Bruns, die nur kurze Zeit später auf dem Deich spazieren ging, den Koffer auf den Wellen tanzen sehen. Und der beleuchtete Wagen, das mussten dann Karin und Günter Wehrmann gewesen sein.

»Als Sie den Koffer entsorgt hatten, da haben Sie noch zusammen im Wagen gesessen, nehme ich an«, sagte Thekla.

»Ja, das haben wir. Ich meine, so eine Sache, die muss wirklich gut geplant sein. Und dann musste ich Günter auch immer wieder hoch und heilig versprechen, dass ich nachkommen werde, wenn die Zeit günstig wäre.«

»Wann hätte das sein sollen? Wann wollten Sie ihren Mann verlassen?«

Karin sah zu Klaus, dem jetzt jeglicher Kampfgeist abhandengekommen schien. Er saß da und sah durch seine Frau hindurch.

»Es tut mir so leid«, flüsterte Karin. »Ich wollte dir nicht weh tun.«

Klaus Wehrmann zuckte nur mit den Schultern. »Das ist doch jetzt auch egal. Unsere Ehe ist im Eimer.«

»Wann wollten Sie denn nun alle Zelte hinter sich abbrechen?«, hakte Thekla nach. »Hatten Sie Ihre Sachen schon gepackt?«

Karin Wehrmann schüttelte mit dem Kopf. »Nein, das habe ich nicht. Ich wollte nicht mehr gehen ...«.

»Sie haben es sich anders überlegt?«

»Ja. Ich wollte das Ganze nicht mehr.«

»Pah«, fuhr Klaus dazwischen, »das kannst du jetzt ja sagen, um deine Haut zu retten, aber wegen mir brauchst du nicht mehr zu bleiben. Ich bin fertig mit dir.«

»Sag das nicht, Klaus«, flehte Karin. »Es stimmt, was ich sage. Ich habe Günter gesagt, dass ich nicht nachkommen werde.«

»Wann?«, fragte Thekla.

»Ich weiß nicht, vielleicht vor einer Woche oder so.«

»Und wie haben Sie ihm das gesagt? Und wo?«

»Ich bin nach Bremen gefahren«, sagte Karin kleinlaut, »ich wollte ihm das nicht am Telefon sagen, oder per WhatsApp, wie das heute viele machen.«

Klaus Wehrmann schüttelte den Kopf. »Wer soll das denn glauben?«

»Herr Wehrmann, bitte«, mahnte Thekla, »lassen Sie Ihre Frau zu Ende sprechen, damit wir weiterkommen. Sie sind also nach Bremen zu der heimlichen Wohnung gefahren. Wie hat Günter Wehrmann es aufgenommen, dass Sie ihn nicht mehr bei seinem Ausstieg begleiten werden?«

»Na ja«, wand sich Karin, »es hat ihn schon ziemlich getroffen. Und … ich bin dann irgendwann aus der Wohnung gerannt, als er angefangen hat zu weinen.«

»Und da sind Sie nicht zu ihm zurückgekehrt? Haben es sich nicht doch noch einmal anders überlegt?«

»Nein, ganz bestimmt nicht. Ich bin in das nächste Taxi gestiegen und hab mich zum Bahnhof bringen lassen. Es hat mir weh getan, ihn so zu sehen, ja, das gebe ich zu. Aber ich wollte meine Ehe retten.«

»Lächerlich«, zischte Klaus Wehrmann. »Du bist für mich sowieso unten durch. Geh doch zu ihm.«

»Und? Hat er sich noch einmal bei Ihnen gemeldet? Ich meine Günter Wehrmann?«, fragte Thekla an Karin gewandt.

Diese schüttelte mit dem Kopf. »Nein, ich habe nichts wieder von ihm gehört.«

»Geben Sie uns die Adresse in Bremen bitte«, sagte Thekla, die plötzlich weiche Knie bekommen hatte.

Als Karin diese auf einen Zettel geschrieben hatte, wollte Thekla los.

»Wir melden uns wieder bei Ihnen«, sagte sie noch, als sie Herbert vor sich her zur Tür schob.

»Wir müssen nach Bremen, sofort«, flüsterte sie ihm zu, als sie schon draußen standen.

»Mein Gott, ich dachte schon, wir sollen hier übernachten«, stöhnte Okko, als er aus dem Wagen stieg, während Thekla und Herbert schnellen Schrittes darauf zukamen.

»Einsteigen«, befahl Thekla ohne weitere Erklärungen.

»Was ist denn los?«, fragte Agneta, als Thekla wieder im Wagen saß.

»Wir müssen sofort nach Bremen. Hoffentlich ist es noch nicht zu spät.«

Herbert war in seinem Element, als sie endlich auf der Autobahn fuhren. Er drückte das Gaspedal durch und nicht einmal Okko, dem der Magen mittlerweile in den Kniekehlen hing, wagte etwas zu sagen. Und so erzählte Agneta auch nicht, dass sie sich zwischenzeitlich in den

Büschen in der Nähe des Wehrmann'schen Hauses Erleichterung verschafft hatte, während Siggi Schmiere stand.

Nach anderthalb Stunden kamen sie endlich bei der Adresse an.

»Nur Herbert und ich«, sagte Thekla in feierlichem Ton.

»Von wegen«, sagte Agneta, »wir haben jetzt den halben Tag in Herberts Wagen gehockt. Und jetzt gehen wir auch mit.«

Thekla rollte mit den Augen, sagte aber nichts mehr dazu, als alle aus dem Wagen kletterten. Dann drückte sie auf die Klingel ohne Namensschild, die zu der Wohnung im zweiten Stock gehörte. Es brannte kein Licht dort oben. Ein erstes schlechtes Zeichen. Und es machte auch niemand auf. Also drückte Thekla auch auf andere Klingeln, bis der Türsummer anschlug und sie die Tür aufdrücken konnte.

Eine Frau im Erdgeschoss reckte ärgerlich ihren Kopf durch einen Türspalt. »Zu wem wollen Sie denn?«, fragte sie.

»Zu dem Bewohner oben links im zweiten Stock.«

»Kenn ich nicht.« Die Frau wollte die Tür schon wieder schließen, als Thekla fortfuhr:

»Gibt es hier einen Hausmeister?«

»Klar gibt es den.«

»Wie können wir ihn erreichen?«

»Dieter, dein Typ wird verlangt«, war die Antwort, die die Frau hinter sich ins Dunkel des Flurs sandte.

Kurz darauf stand ein leicht untersetzter Mann im Unterhemd vor ihnen.

»Würden Sie uns wohl die Wohnung im zweiten Stock aufschließen?«, fragte Thekla. »Wir sind von der Soko in Norddeich.«

»Aha«, sagte der Mann, der wohl schon sämtliche Erklärungen der Welt gehört zu haben schien. »Moment eben.«

Er hatte sich ein kariertes Hemd übergezogen, als er mit einem Schlüsselbund zurückkam. Die Fünf marschierten nichts Gutes ahnend hinter dem Hausmeister die Treppen hinauf.

»Danke«, sagte Thekla, als er aufgeschlossen hatte, »den Rest schaffen wir jetzt alleine.«

Der Mann ging, ohne sich weiter darum zu kümmern, was dann geschah.

»In der Großstadt ist man wohl einiges gewöhnt«, bemerkte Okko, als sie gemeinsam in die Wohnung gingen, die bis auf einen kargen Küchentisch mit zwei Stühlen und einem großen Sessel im Wohnzimmer völlig leer zu sein schien.

»Und jetzt das Schlafzimmer«, sagte Thekla und es schnürte ihr die Kehle zu.

Herbert ging voraus und ergriff die Klinke. Er sah sich um. Thekla nickte.

Er drückte die Klinke runter. Im Schein des Flurlichts konnten sie das Unglück schon erahnen. Als Herbert den Schalter an der Wand fand und drückte, sahen sie das ganze Elend.

Günter Wehrmann lag angezogen auf dem Bett, die Hände auf dem Bauch gefaltet. Aber jeder von ihnen wusste, dass er nicht mehr am Leben war.

»Jesses«, sagte Agneta.

»Ob etwa die Karin Wehrmann ihn ermordet hat?«, fragte Herbert.

»Das glaube ich nicht«, entgegnete Thekla. »Und wenn ich es richtig sehe, dann liegt da auch ein Abschiedsbrief.«

Sie deutete auf das Kissen, wo ein Umschlag lag. Dann ging sie voraus und nahm ihn an sich. Vorsichtig zog sie einen Zettel heraus und las laut vor:

»Carola, es tut mir leid.«

»Das ist alles?«, fragte Agneta ungläubig.

Thekla nickte.

»Der hat seiner Frau keinen Gefallen getan«, bemerkte Okko nüchtern. »Die kriegt keinen Cent, wenn er sich selbst um die Ecke gebracht hat.«

»Ach, da wird ihm schon was eingefallen sein«, meinte Thekla, »schließlich war er ja ein gewiefter Versicherungsfachmann.«

Sie dachte dabei mehr an das unterschlagene Geld und war sich sicher, dass man es hier niemals finden würde. Und sie nahm sich vor, bei dem Thema nicht weiter in die Tiefe zu gehen. Wenigstens finanzielle Unabhängigkeit, die stand Carola Wehrmann jetzt wohl zu, wenn sie die ganze bittere Wahrheit erfuhr.

»Wir müssen die Kollegen hier vor Ort informieren«, sagte Herbert.

Thekla nickte. »Ja, wir haben unseren Job für heute erledigt. Lasst uns wieder nach Norddeich fahren.«

Als sie alles zu Protokoll gegeben hatten, wobei die Bremer Kollegen eher skeptisch als erfreut aussahen, stiegen sie in Herberts BMW und kamen gute zwei Stunden später in Norddeich an.

»Und was machen wir jetzt?«, fragte Herbert. »Ich meine, irgendwie müssen wir die Sache doch jetzt zusammen sacken lassen, oder?«

»Gute Idee«, stimmte Okko zu, der als Erster verstanden hatte, wie der Hase lief. »Ich wäre für einen Italiener. Lecker Pizza mit allem Drum und Dran, das könnte ich jetzt wohl vertragen.«

Agneta verzog das Gesicht, Siggi sah auf die Uhr, weil er wusste, dass Simone auf ihn wartete. Und das tat sie nicht gerne. Thekla nickte zustimmend.

Also steuerte Herbert den nächstbesten Italiener an.

Es wurde ein leicht melancholischer Abend. Günter Wehrmann war tot. Das war die eine Seite der Medaille. Aber auf der anderen Seite, da hatte dieser Fall sie alle in beschleunigter Weise zusammengeschnürt zu einem Team, das selbst die härtesten Nüsse würde knacken können.

»Auf uns, die Soko Norddeich 117«, sagte Herbert und hob sein Glas.

»Auf uns«, stimmten die anderen zu, »wir nehmen es ab sofort mit dem Rest der Welt auf«, fügte Okko an.

»Oh, da kannst du sicher sein«, lachte Thekla. »Da kannst du gleich morgen mit deinem Duzfreund, dem Stindt, anfangen. Am besten, du verklickerst ihm die ganzen Zusammenhänge.«

»Klar, kann ich machen«, sagte Okko und ihm schwoll die Brust.

Am Ende nahmen sie ein Großraumtaxi, um nach Hause zu kommen.

Die glorreichen Fünf

Doch das, wovon sie wohl alle in der Nacht geträumt hatten, zerplatzte am nächsten Morgen wie eine Seifenblase.

Stindt, der natürlich als Dienststellenleiter in Norddeich über die Sache in Bremen informiert worden war, ging die Wände hoch. Das erste Mal rannte er gegen acht gegen die verschlossene Bürotür der Soko Norddeich 117. Seit wann schloss man hier eigentlich ab? Er schimpfte vor sich hin und ging zurück in sein Büro.

Dann nahm ihm schließlich Okko den zweiten Anlauf ab, als er gegen kurz nach neun an seine Tür klopfte.

»Ah, das ist gut, dass du kommst«, blaffte Stindt sofort los. »Was habt ihr euch bloß dabei gedacht, einfach nach Bremen zu fahren?«

Er kam hinter seinem Schreibtisch hervor und baute sich vor Okko auf.

»Aber das ist doch unser Job. Oder etwa nicht?«

Okko fühlte sich nicht wohl in seiner Rolle des Opferlamms. Schließlich hatte er gestern als Einziger zurück in die Dienststelle gewollt zu seinen Leberwurstbroten. Schuld an allem war doch sowieso diese Thekla. Aber er wollte sie jetzt auch nicht in die Pfanne hauen.

»Euer Job? Also, ich erinnere mich sehr genau an den Tag, als du mit diesem Zeitungsartikel zu mir gekommen bist, mein Lieber. Da hast du noch behauptet, ihr bräuchtet mit der Akte etwas zum Üben. Und jetzt das!« Er zeigte auf den Bericht, der auf seinem Schreibtisch lag.

»Aber ich verstehe das nicht. Der Günter Wehrmann ist doch tot. Irgendjemand musste sich doch darum kümmern.«

»Sicher. Die Kollegen in Bremen hätten ihn auch schon irgendwann gefunden, wenn er zum Himmel gestunken hätte.«

Bei Okko fiel langsam aber sicher der Groschen. Stindt kannte das Leck hier in der Dienststelle. Den Kollegen oder die Kollegin, die dafür gesorgt hatte, dass man das Verschwinden von Günter Wehrmann nicht weiter verfolgte. Irgendjemand hing in dem Versicherungsbetrug mit drin. Und was war, wenn am Ende Stindt selbst ein korrupter Vorgesetzter war? Okko mochte diesen Gedanken gar nicht zu Ende denken, denn schließlich hing er irgendwie mit drin, weil er den besten Draht zu Stindt hatte. Sollte er jetzt etwas zu seinen Vermutungen sagen? Es könnte ihn seinen Hals kosten, das war ihm klar. Und wo würde er dann landen? Vielleicht in einer noch abgelegeneren Ecke als Norddeich? Weg von zuhause? Verbannung?

»Du hast recht, Werner«, sagte Okko plötzlich säuselnd und Stindt zog die Brauen hoch. »Wir hätten da nicht auf eigene Faust ermitteln sollen.«

»Ja ... hm.« Erstaunt über diesen Sinneswandel ging Stindt wieder hinter seinen Schreibtisch zurück und setzte sich. »Wie gut, dass wir uns verstehen«, sagte er argwöhnisch.

»Ach kein Ding«, sagte Okko und setzte sich an den Schreibtisch auf den Stuhl gegenüber. »Und sicher klärt sich auch bald die Sache mit dem Computer, der immer noch nicht angeschlossen ist.«

Stindts Augen wurden zu kleinen Schlitzen. »Was wird das hier eigentlich?«, fragte er misstrauisch. »Bietest du mir etwas an? Oder forderst du etwas von mir?«

»Was? Ich? Ach was, das würde mir nie im Traum einfallen. Ich sorge mich nur um meine Kollegen«, sagte Okko und lehnte sich entspannt zurück.

»Na gut, ich werde sehen, was sich da machen lässt«, knurrte Stindt. »Und jetzt kannst du gehen und richte deinen lieben Kollegen von mir aus, dass sie gute Arbeit geleistet haben.«

»Ach, das, denke ich, hören sie lieber selber aus deinem Munde. Sie sind übrigens alle da.«

Okko stand auf, nickte kurz und verließ das Büro.

»Und? Was hat er gesagt?«, fragte Thekla, als Okko zurückkam.

»Och, er ist mächtig stolz auf uns alle«, log Okko.

Dann ging die Tür erneut auf. Stindt stand hilflos im Türrahmen und sah von einem zum anderen. »Gute Arbeit«, sagte er schließlich, »verdammt gute Arbeit.«

Okko stand an seinem Schreibtisch und trommelte mit den Fingern auf die Platte.

»Ach ja, was ich noch sagen wollte«, fuhr Stindt fort, »ich habe gute Nachrichten für euch. »Es hat sich da etwas ergeben, das eure gesamte Situation extrem verbessern dürfte.«

»Ach ja?«, fragte Agneta und biss in ihre Möhre.

»Ich denke schon«, sagte Stindt, »es ist doch viel zu eng hier in dem kleinen Büro.«

Das ist uns nicht neu, dachte Thekla im Stillen. Aber seit wann interessiert dich das?

»Das kann man wohl sagen«, erwiderte Herbert. »Und der PC läuft auch immer noch nicht. So werden Recherchearbeiten natürlich unnötig erschwert.«

»Sicher«, sagte Stindt, »deshalb habe ich mich mal umgehört und etwas Tolles aufgetan. Es gibt da so einen kleinen alten Bauernhof, gar nicht so weit weg von hier ...«.

In den Gesichtern der anderen bildeten sich Fragezeichen.

»Und es sieht so aus, als ob wir dieses Objekt nutzen könnten. Ich meine, die Kripo Norddeich bekommt es quasi hinzu. Und da habe ich natürlich sofort an euch gedacht.« Er grinste zufrieden vor sich hin.

»Ein alter Bauernhof?«, fragte Thekla ungläubig. »Was soll das heißen? Wechseln wir den Job und züchten bald Kühe?«

»Aber nein«, grinste Stindt, »ganz so weit gehen die Privilegien im öffentlichen Dienst dann doch nicht. Nein, es soll eure neue, eure ganz eigene Dienststelle werden. Die Dienststelle der Soko Norddeich 117.«

»Jesses«, sagte Agneta, »dann könnte ich meine eigenen Möhren anbauen.«

»Aber nur in den Pausen«, lachte Stindt.

»Sie meinen das also wirklich ernst«, hakte Thekla nach.

Stindt nickte. »Sicher. Ich finde, das ist ein fairer Deal.«

»Und wann sollen ... Pardon ... wann dürfen wir dahin umziehen?«

»Na ja, das ist wohl der einzige Knackpunkt an der ganzen Geschichte«, wand sich Stindt, »der alte Hof, nun, er ist eben wirklich ziemlich alt. Ihr müsstet ihn, bevor ihr dort arbeiten könnt, auch selber renovieren. Denn dafür reichen die Staatskosten dann leider doch nicht mehr.«

Die Fünf sahen sich der Reihe nach an. Siggi stand der Mund offen.

»Ich bin handwerklich aber nicht sehr begabt«, meinte er schließlich und dachte daran, wie er sich Abend für Abend an Simone abrackerte und diese immer noch etwas zu meckern fand.

»Ach, das wird sich schon finden. Ihr seid doch nicht auf den Kopf gefallen«, meinte Stindt und hatte die Türklinke schon wieder in der Hand. »Ich muss jetzt auch wieder los. Ich wollte euch gerne persönlich die gute Nachricht überbringen. Den Rest erklärt euch ein Kollege aus der Verwaltung.«

Die Tür ging lautlos hinter ihm zu.

»Das ist doch wohl ein Witz«, sagte Thekla. »Ich arbeite doch nicht auf einem Bauernhof.«

»Aber warum denn nicht?«, fragte Agneta. »Ich finde die Idee mit dem eigenen Gemüse total klasse. Und wenn ihr wollt, dann koche ich euch auch jeden Tag etwas zu Mittag von den eigenen Erträgen.«

»Sicher ohne fett«, lachte Okko.

»Natürlich ohne fett«, bestätigte Agneta.

»Hm ...«, machte Herbert, der bisher als einziger geschwiegen hatte. Selbst als Stindt da war, hatte er kein Wort gesagt. »Ich denke, alles ist besser als dieses kleine alberne Büro, wo man sich nur gegenseitig auf die Nerven geht. Lass uns doch erst mal gucken, was es für ein Hof ist. Danach können wir ja immer noch rebellieren.«

»Genau«, sagte Okko, »und wir sollten eines dabei nicht vergessen.« Er hob bedeutungsvoll die Hand. »Das hier, dieser Job in der Soko Norddeich 117 ist für uns alle die letzte Chance, überhaupt noch in dem Job als Polizist tätig zu sein. Vergesst das nicht.«

Plötzlich schlug die Stimmung um. Alle erkannten, dass Okko den Nagel auf den Kopf getroffen hatte. Auch wenn man sie gewähren ließ, sie sogar erfolgreich einen Fall gelöst hatten, genauso schnell konnte alles wieder vorbei sein. Und was dann mit ihnen geschah, das stand in den Sternen am Himmel von Norddeich.

Der alte Bauernhof

Stindt hatte allen eine Woche Urlaub verordnet. Genauso hatte er es gesagt. Thekla nutzte die Zeit, um über alles noch einmal gründlich nachzudenken.

Sie hatte gehört, dass Carola Wehrmann nach der Beerdigung ihres Mannes Norddeich verlassen wollte. Alles vergessen. So wurde gemunkelt. Und jeder verstand, dass eine betrogene Ehefrau, deren Mann sich am Ende das Leben genommen hatte, irgendwo ganz neu anfangen wollte. Und am besten in einem schönen großen Haus. Denn auch davon hatte sie gehört. Carola hatte sich ein Haus in der Nähe von Kiel angesehen. Nicht gerade eine billige Gegend. Und einmal mehr wunderte sich Thekla, dass niemand fragte, woher das Geld für diese Trauerarbeit eigentlich kam.

Karin und Klaus Wehrmann hatten sich wieder zusammengerauft. Er hatte ihr den Seitensprung verziehen, weil sie sich am Ende doch für ihn entschieden hatte. Männer und ihr Stolz, dachte Thekla.

Aber am meisten beschäftigte sie die Frage, was es da für eine seltsame Verbindung zwischen Okko und dem Stindt gab. Erst, nachdem Okko mit dem Chef gesprochen hatte, kam dieser mit dem augenscheinlichen Geschenk einer eigenen Dienststelle zurück. Was lief da zwischen

Okko und Stindt? Und warum hatte niemand in der Sache von Günter Wehrmann ermittelt? Und warum sprachen selbst nach dem Tod von Wehrmann alle nur hinter vorgehaltener Hand von dem Fall? Dass sie den Fall gelöst hatten, hatte nur als kleine Randnotiz in der Zeitung gestanden. Vermisster Ehemann aus Norden tot in Bremen aufgefunden. Das war es eigentlich auch schon. Nichts zu einem möglichen Versicherungsbetrug. Wieso eigentlich machte das Versicherungsunternehmen nach dem Ableben von Günter Wehrmann keine große Sache daraus, dass er Geld unterschlagen hatte? Na ja, das ließ sich wohl am leichtesten beantworten. Wer würde bei dem Unternehmen, wo das Geld nicht mehr sicher war, noch eine Versicherung abschließen? Wohl niemand.

Aber Okko, nahm Thekla sich vor, den würde sie in Zukunft besser im Auge behalten. Und ja, vielleicht auch Herbert. Er hatte sie für heute Abend zum Essen eingeladen. Nur sie. Nicht die anderen im Team. Sie hatte zunächst abgewunken. Wie sähe das denn aus, hatte sie zu bedenken gegeben. Es muss doch niemand erfahren, hatte Herbert am Telefon gesagt. Schließlich hatte sie eingewilligt. So lange sie noch einigermaßen sehen konnte, sollte sie das Leben eigentlich genießen, hatte sie beschlossen, anstatt immer nur griesgrämig im Haus zu hocken.

Um Punkt acht Uhr klingelte es dann bei ihr an der Tür. Sie hatte sich für ihre Verhältnisse mächtig in Schale geworfen und trug einen schwarzen Rollkragenpullover mit einer roten Perlenkette zu ihrer Jeans.

»Guten Abend«, sagte Herbert und reichte ihr galant seinen Arm.

»Herbert, wir gehen doch nur zum Griechen«, sagte Thekla irritiert und rauschte an ihm vorbei. »Und ich finde es trotzdem nicht gut, dass wir das hinter dem Rücken der anderen machen. Wir sind ein Team.«

»Aber essen gehen ist nun wirklich Privatsache«, meinte Herbert und hielt ihr die Wagentür auf.

»Aber es sollte keine Privatsache unter Kollegen sein«, beharrte Thekla, und stieg trotzdem bereitwillig ein. Wann passierte es denn schon mal, dass sie von einem groß gewachsenen Mann mit einem BMW abgeholt wurde? Hoffentlich standen die Nachbarn alle am Fenster.

Sie suchten sich einen ruhigen Platz, als sie im Lokal ankamen.

»Hast du schon was von dem Bauernhof gehört?«, fragte Thekla, als sie den ersten Ouzo runtergekippt hatte. »Ich meine, wo der steht.«

»Nein, bisher noch nicht. Aber ich denke, wenn wir aus dem Urlaub zurück sind, dann wird man uns schon sagen, wo der ist. Die sind doch froh, wenn wir aus der

Dienststelle verschwinden, wo wir uns nur unaufgefordert in die Fälle einmischen.«

»Ja, da könntest du recht haben. Gefallen hat denen das nicht, dass wir den Wehrmann gefunden haben.«

»Es war eigentlich dein Verdienst«, sagte Herbert und lächelte sie offen an.

»Ach was«, wehrte Thekla ab, »wir haben alle an dem Fall gearbeitet.«

»Ja, das sicher schon, aber es ist deiner weiblichen Intuition zu verdanken, dass wir ihn auch gelöst haben. Das verdient Respekt.«

Thekla hörte an dem Klang seiner Stimme, dass er es bitterernst meinte. Er klang fast feierlich. Eigentlich beängstigend. So hatte sie sich den Abend nicht vorgestellt, dass sie hier auf ein Podest gehievt werden würde, von dem sie nur schwer wieder runterkam. Und wenn, dann sicher nur im freien Fall.

»Ich finde, jetzt ist es auch mal gut mit der Lobhudelei«, sagte sie betont lax. »Wir essen jetzt gemütlich und dann fährst du mich wieder nach Hause. Und kein Wort mehr über meine Intuition. Die kann nämlich manchmal auch ganz anders.«

Sie lachte und Herbert lachte mit. Und doch meinte sie, einen recht ernsten Zug um seine Augen gesehen zu haben. Etwas Dunkles, das sie noch nicht greifen konnte.

Nach dem Urlaub kehrten alle überaus pünktlich in die Dienststelle zurück. Fast schien es so, als wären sie froh, dass sie endlich wieder rauskämen.

Agneta, die als Erste im Büro gewesen war, hatte die gute Nachricht für alle parat. Nämlich die Adresse des Hofes, der in Zukunft zu ihrem Ermittlungsdomizil werden sollte.

»Dann los«, sagte Okko, »worauf warten wir noch.«

Sie stiegen in Herberts BMW und fuhren gute zwanzig Minuten, bis sie hinter einem Dickicht aus alten Bäumen und Gebüsch vor einem Haus standen, das man kaum noch als solches bezeichnen konnte.

»Jesses«, sagte Agneta und stieg aus dem Wagen.

»Mein Gott«, schloss sich Siggi an. »Und das mit meinen zwei linken Händen.«

»Da ist bestimmt noch nicht mal fließend Wasser drin«, meinte Okko, als er die Beifahrertür hinter sich zuschlug.

»Lass uns doch erst mal reingehen«, sagte Thekla, die den Schlüssel zur Haustür an sich genommen hatte. Doch sie hatte so ihre Zweifel, ob sie den wirklich brauchte. Die Tür sah als, als genüge ein Windhauch und sie wurde aus ihren Angeln gehoben. Trotzdem schloss sie auf und schob die Tür ins Innere.

»Wie das riecht«, sagte Agneta und hielt sich ein Taschentuch vor die Nase.

»Eigentlich so wie deine Möhren«, sagte Okko, »die du jeden Morgen im Büro isst.«

»Immer noch besser als Leberwurstgeruch«, gab Agneta zurück.

Herbert sagte nichts. Er schritt ein Zimmer nach dem anderen ab. Sah sich Böden, Türen, Fenster und Decken an.

»Das kriegen wir hin«, sagte er schließlich, als er nach seinem Rundgang wieder bei den anderen ankam, die sich in der großen Stube versammelt hatten.

»Na, dein Wort in Gottes ...«, sagte Siggi, dem der Rest nicht mehr einfiel.

»Ich bin da ganz zuversichtlich«, fuhr Herbert fort. »In mir steckt nämlich auch ein begeisterter Handwerker.«

»Ach ja?«, machte Agneta, »und ich mache den Garten. Perfekt.«

»Dann kümmere ich mich um die Technik«, bot Okko an.

»Von wegen«, mischte sich Thekla ein. »Hier sucht sich niemand die Rosinen aus. Entweder wühlen wir alle im Dreck oder keiner. Los jetzt, schließen wir einen Pakt, dass wir dieses kleine alte Bauernhaus zu der wichtigsten Ermittlungszentrale in ganz Ostfriesland machen werden.«

Sie stellte sich mitten in den Raum und hielt ihre beiden Arme gestreckt nach vorne.

»Das ist unheimlich«, sagte Agneta, »da bin ich dabei.«

Sie stand jetzt neben Thekla und machte es genauso. Die anderen kamen dazu. Sie legten die Hände übereinander und schworen sich, dass sie den Hof renovieren und dann jeden, der auch nur den Hauch eines gesetzwidrigen Verhaltens an den Tag legen würde, zur Strecke brächten.

Irgendwo draußen zog ein Gewitter auf und es blitzte kurz.

»Was ist eigentlich aus Gretchen Bruns geworden?«, fragte Okko und löste sich als Erster wieder aus der Umklammerung.

»Keine Ahnung«, sagte Thekla. »Ich habe nichts wieder von ihr gehört.«

»Das ist doch schade, wo sie den Stein zur Auflösung des Falles doch eigentlich ins Rollen gebracht hat.«

»Das stimmt. Vielleicht sollten wir sie zur Einweihungsparty einladen«, schlug Thekla vor.

»Dann ran an den Speck«, meinte Okko und krempelte die Ärmel hoch. »Die Täter warten nicht auf uns, bis wir hier fertig sind.«

Alle lachten und begannen damit, den Schutt und den Staub aus dem Haus zu räumen.

»Wer hätte das gedacht«, sagte Thekla, als alle verschwitzt und verdreckt vor dem Ergebnis des ersten Tages standen.

»Also, ich ganz sicher nicht«, sagte Herbert, der sich bereits darum gekümmert hatte, dass das Wasser wieder lief.

»Der Stindt wird sich noch wundern«, sagte Okko.

»Auf jeden Fall«, stimmte Thekla zu.

Dann fuhren sie mit Herberts Wagen wieder zur Dienststelle in Norddeich zurück, von wo aus sie direkt nach Hause fuhren.

Oben am Fenster stand Stindt und beobachtete diese eingeschworene Gemeinschaft. Er ahnte, dass sie ihm noch mehr Arbeit machen würden in Zukunft, als er sowieso schon am Hals hatte. Er stöhnte auf und ging wieder in sein Büro. Dort verfasste er einen Bericht, warum der Hof für die Soko Norddeich 117 von immenser Bedeutung für die Ermittlungsarbeit der gesamten Dienststelle wäre. Schließlich musste er die Vorgesetzten in Osnabrück noch davon überzeugen, dass der Staat die Kosten für die Renovierung des Hofes übernehmen müsste.

In seinem Bericht stand nichts davon, dass es sich bei dem alten Hof um das Haus seiner Urgroßeltern handelte, das er im Sinne der Polizeiarbeit einzusetzen beabsichtigte. Und das ging auch niemanden etwas an.

ENDE

Zur Autorin

Moa Graven: »Ich habe erst mit fünfzig meine Leidenschaft für das subtile Verbrechen entdeckt.«

Als gebürtige Ostfriesin kam Moa Graven durch Umwege über den Journalismus selber zum Krimi-Schreiben. Das war im Jahr 2013, als sie ihren ersten Krimi „Mörderischer Kaufrausch" mit Ermittler Jochen Guntram als Fortsetzung in einem Monatsmagazin veröffentlichte. Mittlerweile lebt die Autorin von sechs Krimi-Reihen, die mit ihrem Mann und zwei Hunden auf dem Land lebt, vom Schreiben.

Besuchen Sie die Autorin hier: www.moa-graven.de

NEU: Die Ostfrieslandkrimis App von Moa Graven zum kostenlosen Download!

Die Krimi-Reihen von Moa Graven im Überblick

Eva Sturm auf Langeoog
Verliebt ... Verlobt ... Verdächtig - Band 01

Justitias Schwäche - Band 02

Bitterer Todesengel - Band 03

Blaues Blut - Band 04

Stille Angst - Band 05 (Overcross-Special mit den drei ostfriesischen Ermittlerteams von Moa Graven, die einen Fall auf Borkum lösen)

Schiffbruch - Band 06

Auf dich wartet der Tod - Band 07

7 Tage Regen – Band 08

Wenn es Abend wird, mein Schatz ... – Band 09

Stirb leise ... – Band 10

Der letzte Tanz – Band 11

Und alle haben geschwiegen – Band 12

Niemand wird dir vergeben – Band 13 (2018)

Alle Bücher sind als eBook und Taschenbuch erhältlich!

Die Kommissar Guntram Krimi-Reihe in Leer

Mörderischer Kaufrausch - Band 01

Mord im Gebüsch - Band 02

Mordsgeschäfte - Band 03

Das Meer schweigt ... - Band 04

Märchenhafte Morde - Band 05

Hinter verschlossenen Türen - Band 06

Teezeit - Band 07

Wer erschoss den Weihnachtsmann? - Band 08

Hannah – Vergessene Gräber - Band 09

297 Tage - Band 10

Tod einer Prinzessin - Band 11

Die im Dunkeln bleiben - Band 12 (2018)

Die Profiler Jan Krömer Krimi-Reihe in Aurich

KillerFEE – Band 01

Todesspiel am Großen Meer – Band 02

Kneipenkinder – Band 03

Fallensteller - Band 04

Flächenbrand – Band 05

Blindgänger – Band 06

Fremder - Band 07

Die Puppenstube - Band 08

H.E.A.T.H.E.R – *Band 09*

Lautlos - Band 10 (2018)

Der Adler – Joachim Stein Krimi-Reihe in Friesland

Der Adler – LaLeLu ... und tot bist du - Band 01

Der Adler - KALT - Band 02

Der Adler - NEBEL - Band 03

Der Adler - Lebenslänglich - Band 04

Der Adler – Der Nachbar – Band 05

Der Adler – Irreparabel - Band 06

Alle Bücher sind als Taschenbuch oder eBook erhältlich!

Sand und Meer – Kriminalromane Ostfriesland
Das Leben von Erik

Unter dem Sand - Band 01
Das leere Haus - Band 02 (2018)

Bei dieser Reihe handelt es sich um eine als Trilogie
angelegte tragische Geschichte um Erik. Einen jungen
Mann, der in Band 1 durch Tagebücher seiner
verstorbenen Mutter mehr über sich erfährt. Dinge, die
ihm nicht immer gut tun, und am Ende ist auch Mord im
Spiel. Da es sich bei dieser Reihe nicht um einen Krimi mit
Ermittlern handelt, schreibt Moa Graven zur Abgrenzung
hier unter dem Pseudonym Nils Vahrup.

Alle Bücher sind als Taschenbuch oder eBook erhältlich!

Soko Norddeich 117

Wetterleuchten und ein Todesfall - Band 01

Alle Bücher sind als Taschenbuch oder eBook erhältlich!